미소 짓는 호수

미소 짓는 호수

1판 1쇄 발행 ｜ 2023년 9월 10일

지은이 ｜ 황원연
발행인 ｜ 이선우
펴낸곳 ｜ 도서출판 선우미디어
　　　　등록 ｜ 1997. 8. 7 제305-2014-000020
　　　　02643 서울시 동대문구 장한로12길 40, 101동 203호
　　　　☎ 2272-3351, 3352 팩스: 2272-5540
　　　　sunwoome@hanmail.net
　　　　Printed in Korea ⓒ 2023. 황원연

값 13,000원

ISBN 978-89-5658-738-7 03810

미소 짓는 호수

황원연 수필집

선우미디어

명상과 사유로 얻어낸 긍정의 힘

권 남 희
한국문협 수필분과 회장

황원연 작가는 내가 주간으로 있던 월간 〈한국수필〉로 2006년 등단한 인연이 특별하다. 이번에 세 번째 《미소 짓는 호수》를 상재하다니, 그치지 않는 창작의 열정에 경의를 표하게 된다.

황원연 수필가와의 만남을 거슬러 올라간다. 2006년 한국수필가협회 편집주간을 막 시작했을 때니 나에게는 첫 번째 등단작가이다. 장교 출신답게 반듯하고 의지가 강해 보였다.

그런데 등단하고 얼마 되지 않아 제 1수필집을 출간했다. 나 역시 책임감이 느껴져 시간 날 때마다 그의 원고를 들여다보았던 것 같다.

이런저런 문단 행사장에서 서로 스치면서 17년이 흘렀다. 당시는 퇴직하고 약간 경직된 모습으로 회사를 운영하느라 여념이 없었는데 이제 취미와 봉사활동으로 유튜브 채널 「황원연 음악이야기」 https://www.youtube.com/@hwy_music도 갖고 있다.

그의 여유 있는 모습이, 필력이 쌓인 작품에서도 드러난다. 사물을 관조하고 마음으로 느끼며 글감을 찾는 자세도 돋보인다.

사물을 읽는 마음과 생명에 대한 사랑과 자연을 이해하는 내면

세계가 깊어졌다.

그런데 이런 풍요로움의 근원은 어디서 비롯된 것일까. 인간이 가진 가장 큰 사랑은 자녀보다 손자를 보았을 때 나타난다. 황원연 수필가도 조부모가 되었다는 감동을 만끽하며 마음에서 우러나는 사랑으로 글을 쓰지 않을 수 없었으리라. 부드럽고 배려심 많은 그에게 축하하지 않을 수 없다.

> 훤칠한 키, 하얀 피부, 초롱초롱한 까만 눈망울의 예쁜 우리 외손녀 민이, 틈틈이 할아버지의 수필집 2집, ≪보이지 않는 거울≫을 재미있게 읽는 고마운 우리 외손녀, 할아버지와 함께 걸을 땐 팔짱을 꼭 끼고 사랑의 정을 전달해 주는 우리 외손녀 민이, 상냥한 미소로 할아버지의 마음을 포근히 녹여주는 우리 외손녀 민이, 이 할아버지는 너를 많이 많이 사랑한단다!
>
> -<몸이 멀어지면>

한 권의 수필집에서 그 작가의 삶과 정신, 사유가 고스란히 담겨 있다고 할 수 있다.

첫 번째 작품집 ≪애벌레의 화려한 변신≫이다. 이 작품집에서 작가는 해군사관학교를 나와 해군 장교로서 20여 년을 바다를 누비는 군인의 삶을 살았다. 그 후 예편하여 생활전선에 뛰어든 자신을 갓 허물을 벗은 애벌레로 비유한 작품이었다. 그는 이 첫 작품집에서 사회 경험이 전무한 작가가 사회 초년생으로서의 도전들이 두렵고 모험을 요구하고 있지만, 애벌레가 변신하여 화려한 나비가 되었듯 끊임없이 자신을 성찰하고 다짐하는 모습을 담았다.

두 번째 수필집 ≪보이지 않는 거울≫에서 저자의 작품은 많이 단련되고 안정되어 있다. 사업가로서도 성공 가도를 달리고 있고, 작가로서의 자신만의 작품 세계와 삶의 철학을 구축하고 있다.

문학평론가 김우종은 "작가가 말하는 보이지 않는 거울은 인간의 마음속을 의미한다. 작가는 입을 활짝 열어 보이라고 주장하고 있다. 그래야만 신뢰가 성립되고 세상에는 웃음의 꽃도 활짝 만개하리라는 것이 작가의 신념이다. 보이지 않게 감추고 사는 마음은 음모를 지닌 곡선이다. 이와 달리 솔직히 드러내는 마음은 직선이다. 구부러질 이유가 없다. 이런 뜻에서 작가는 직선의 미학을 삶의 철학으로 강조하고 있다."라고 황원연 작가의 문학 세계를 피력하고 있다.

이번의 세 번째 작품집 ≪미소 짓는 호수≫는 한 걸음 더 깊은 사유의 호수로 다가서고 있고 있다. 작품마다 이미지화와 의미화, 삶의 철학을 논하고 있다.

녹음이 우거진 6월의 깊은 숲속 아침, 나만의 아지트 같은 오솔길에서 어미 까마귀 한 마리가 길옆 그루터기 앉아 힘없이 졸고 있었다. 눈만 말똥말똥할 뿐 내가 가까이 가도 움직이지 않았는데 나무 꼭대기에서 까마귀 세 마리가 울부짖고 있었다. 그 다음 날도 같은 시간에 그곳을 찾았다. 똑같은 상황이었다. 그런데 높은 가지에서 울부짖는 새끼들이 잔 나뭇가지를 어미 근처로 던지고 있었다. 저 행위가 무엇을 의미하는 걸까? 깊은 숲속으로 가서 죽으라는 의미일까. 속성상 잔가지를 공중에서 떨어뜨려 다시 낚아채는 습성을 어미한테 보이려는 것이었을까. 3일째도 같은 시간에 나는 관심을 가지고 그곳에 갔다.

　죽은 어미 까마귀가 땅바닥에 떨어져 있었다. 어제까지만 해도 높은 나뭇가지에서 울부짖던 새끼 까마귀들이 없다. 아, 사람에 비유하면 장례가 끝나고 새끼들도 일상으로 돌아갔는가 보다. 비록 까마귀의 죽음이지만 허무함과 불쌍함이 동시에 느껴졌다.

-〈까마귀의 죽음〉 일부

　산책길에 우연히 마주친 까마귀 가족의 모습을 담고 있는데 사흘 동안 같은 시간에 들러 까치 가족의 모습들을 제삼자의 처지에서 지켜본다. 작가는 죽음을 앞둔 어미 까치의 죽음에 인위적인 행동으로 개입하지 않고 자연의 일부로 받아들이고 있다. 반포지효(反哺之孝)로 일컬어지는 까마귀의 장례 의식을 생생하게 그려내고 있는 수작이다.

　또 이번 작품집에는 꾸준히 색소폰 연주를 통해 동아리 활동과 봉사활동을 해왔는데 연주곡 20곡을 QR코드로 만들어 독자에게 선사하고 있다. 수록한 곡들이 우리 민족의 애환을 담은 유행가여서 독자에게도 큰 선물이 될 것이라 여겨진다.

　세 번째 작품집을 상재하는 황원연 작가가 계속해서 독자에게 깊은 울림을 주는 수필작품들을 써주기를 기대하며 축하의 말을 가름한다.

얕지만 마르지 않는 샘

누구나 행복하게 살고자 한다. 그런데 행복은 자기중심적 본질로 다분히 주관적이다. 자신이 하고 싶은 일을 하고, 담백한 시선으로 주위의 모든 것을 포용한다면 행복은 자연히 누릴 수 있을 것 같다. 우리 삶의 여정은 바닷가 모래가 다 다르듯이 화려한 인생이나 초라한 인생, 고매한 인생일지라도 순수한 열정의 산물임을 인정한다면 마음 편한 순항의 전환점이 되지 않을까.

왜, 거울 속에 비치는 나 자신의 얼굴이 자꾸만 낯설까. 왜, 그토록 청초하고 순수했던 내면이 세월에 비례하여 점점 둔탁해지는 것일까. 천진무구했던 미소, 다정하게 나누던 대화, 온유했던 인정마저도 점점 메말라지는 걸까. 왜, 밝고 발랄했던 사교적인 품성도 삶의 뒤안길로 사라져 버리는 걸까. 가슴 뭉클하도록 감동했던 영화의 명장면, 가슴 뛰게 했던 명문장마저도 이제는 점점 무감각해지니 이제 내 삶의 보람은 어디에서 찾아야 하는가, 안타깝다.

하늘을 찌를 듯한 패기 넘치던 청년의 기상, 천 리를 꿰뚫는 혜안은 정신적 유산일 것일진대 나의 정신 어딘가에는 여전히 살아

숨 쉬리라고 믿고 싶다. 나의 삶의 얕은 샘일지라도 내 영혼이 소멸하지 않는 한 결코 마르지 않고 샘솟을 것이다. 새벽에 목마른 토끼가 물 마시고 가는 옹달샘처럼, 옹달샘은 모든 생명체에게 자연의 소중한 선물이다. 내 삶의 철학에서 나오는 나의 문학의 샘이 독자의 갈증을 풀어주는 옹달샘이기를 감히 바라본다.

글을 쓸 때마다 문장에 알맞은 어휘를 찾아내느라 얼마나 고심했던가. 이런 고뇌는 창작 생활 20여 년 동안 줄곧 나의 이력서처럼 따라다녔다. 비록 문학적으로는 부족하나 나의 경험과 내 생활 철학이 보이지 않는 나의 문학적 후원자였음을 고백한다.

논어에 "학문은 물을 거슬러 올라가는 배와 같아서 계속 나가지 않으면 퇴보한다(學問如 逆水行舟 不進則退)."라고 했다. 나이 들어 시작한 수필 쓰는 일은 고달프지만 달콤하다. 하얀 도화지에 나의 이상(理想)과 꿈, 현실과 미래를 그리는 행복한 시간이다.

서투른 나의 컴퓨터 실력을 싫은 내색하지 않고 세심히 가르쳐 준 듬직한 아들 은성, 장인의 취미생활을 위해 고가의 테너 색소폰(SELMER R.54)을 선물해준 고마운 사위 이홍진, 기도와 물질적 지원을 아끼지 않는 칠흑의 등대 불빛 같은 사랑하는 아내 양석남 여사, 추천의 말을 써준 권남희 문협 수필분과 회장, 교정과 발간을 책임져 준 선우미디어 이선우 사장, 표지사진을 제공해 준 사진작가 정순삼 님께 깊은 감사를 드린다.

2023년 8월

영풍(靈風) 황원연

차 례

1

숲속의 노래

목탁 치는 딱따구리

고독한 산보자가 되어 고즈넉한 깊은 산속을 거닌다.

산새들의 노랫소리와 나뭇가지들을 스치는 바람의 속삭임, 봄의 향연을 준비하는 연초록의 나뭇잎과 청정한 하늘빛이 명상에 잠긴 사나이의 마음을 달콤한 미소로 어루만져 주고 있다.

"딱따다다닥…."

고요한 산속에서 누가 목탁을 치는가. 멀리서 숨 가쁜 목탁 소리가 간헐적으로 울려 퍼진다. 사방을 둘러보고 나뭇가지를 올려다봐도 산사(山寺)의 암자나 어떤 새도 보이지 않는다. 스님이 치는 목탁 소리는 주기가 일정한 맑은 소프라노인데 이 소리는 항구에서 출항하려는 선박의 엔진 시동 소리처럼 빠르고 굵고 웅장하고 둔탁하다. 그 절묘한 조화가 내 마음에 고동친다. 바로 사람들이 무심코 지나쳐버리는 딱따구리의 사랑노래일 줄이야.

'딱따구리' 하면 사람들의 뇌리에 떠오르는 이미지가 있다. 강직하면서도 명쾌하고, 흥미로우면서도 친근감이 가는 한국적 지조를 상징하는 귀공자의 상(像)을 지닌 새이다.

탁목조(啄木鳥)인 딱따구리는 55~64mm의 뾰쪽하고 긴 부리를 가지고 있으며 수컷은 머리와 목에 붉은 띠를 두르고 죽은 참나무나 소나무, 전나무 등에 구멍을 뚫는다. 1월부터 4월까지 하루에 12,000번 정도 나무를 쪼아댄다고 한다.

재미있는 건 딱따구리는 지위에 따라 나무를 쪼아대는 소리가 다르다고 한다. 성체 수컷 우두머리는 길면서 둔탁하게 두드리고, 젊은 수컷은 길지만 명쾌하며 활력 넘친다. 짧고 연약한 소리는 갓 성체된 수컷이 쪼는 소리라고 한다. 이 소리들의 더 깊은 본원적인 의미는 창공을 향해 날려 보내는 사랑의 세레나데일 것이다. 그런데 그 간절한 호소는 한 차례 외치고는 1~3분 정도의 사이 간격을 둔다. 아마도 암컷의 반응을 살피는 기다림 같은 게 아닐까.

"예쁜 암컷들이여, 여기 높은 곳에 독창적이고 정교한 공학 기술로 안전하고 튼튼한 멋진 집(구멍)을 만들어 놓았으니 부디 와서 나와 사랑을 나누고 알을 낳아 귀여운 새끼들을 열심히 기르면서 해로합시다."

정성껏 만든 둥지는 수컷의 간절한 구애의 프러포즈로 자신은 이렇듯 체력이 튼튼하고 우수한 유전자로 좋은 알을 만들 수 있다는 과시의 퍼포먼스다. 매우 섹시(sexy)하고 능력까지 있음을 암컷에게 어필하면서 으스대는 제스처이기도 하다. 그러니까 수컷 딱따구리의 목탁 소리는 일종의 결혼 서약 세레모니이며, 뚫어놓은 구멍과 잡아놓은 벌레는 신혼을 위한 혼수품이라고 하면 어떨까.

딱따구리의 목탁 소리는 도시 인근 숲속에서는 더 크게 들리고,

고요한 깊은 산속일 때는 약하게 들리는 걸 보면 도시의 소음까지 고려하는 기기묘묘한 인지 능력이다. 매우 정교하게 계산하여 부르는 사랑노래인 것 같다.

딱따구리들이 보금자리에 들어갈 때는 천적들의 눈을 기만하기 위해 직선이 아닌 나선형으로 나무를 타면서 올라가는 지혜도 있다고 한다. 새들의 놀라운 생존 전략에 환희의 박수를 보내고 싶다.

나무토막을 쪼갤 때 쓰는 번쩍거리는 쐐기형 철면 도끼는 위에서 아래로 내리치지만, 딱따구리가 뾰족한 송곳 같은 부리로 구멍을 뚫을 때는 수평으로 친다. 어떻게 그 연약한 부리로 단단한 나무에 구멍을 뚫는단 말인가. 부리와 연결된 머리 부분에 그 충격을 완충시켜주는 특수 신경조직인 경성(硬性) 케라틴(keratin)이라는 성분이 있거나, 머리에도 나무를 쪼아댈 때 소리를 증폭시키는 공명관(共鳴管)이라는 근육이 있지 않을까. 또 구애의 소리-나무에 구멍 뚫으면서 내는 소리-를 증폭시키기 위해 산 계곡의 기류와 메아리의 효과도 이용하는 것 같다. 한낱 미물인 새가 자연의 원리를 이용하는 신비에 감탄을 금할 수 없다.

여하튼 그 작은 몸집으로 단단한 나무에 구멍을 뚫고 암컷을 유혹하는 그 목탁 소리에는 자연의 생식번식의 오묘한 뜻이 있다고 해야 할까. 조물주의 은총을 선포하는 외침이라고 해야만 할까.

숲속을 거닐다 보면 인간이 흉내 낼 수 없는 각양각색의 교묘한 새들의 노랫소리를 듣게 된다. 물론 날아다니거나 나무 위에 앉아 있는 새들도 볼 수 있다. 내 얕은 지식으로는 그 다양한 소리와 이름을 식별해 낼 수는 없다. 어떤 새들의 노랫소리는 귀에 익숙해서 그 새 이름을 알 것 같기도 하다.

나는 숲속을 산책하면서 자연을 닮은 삶이란 어떤 것인가. 또 자연과 현실의 이해 폭이 얼마나 깊고 다양한지도 생각하게 된다. 이런 아름다운 상상들이 마음의 평안을 가져다주고 또 마음을 다스리는 명약 효과가 되어 준다.

딱따구리의 이름을 부르면 부를수록, 목탁 치는 소리를 들으면 들을수록, 내 영혼의 나래는 평화롭고 흥미로운 동화 같은 이야기를 내 마음에 다소곳이 심어주고 저 높은 창공을 향해 큰 날갯짓을 하게 해준다.

나는 딱따구리의 소리를 듣기 위해 날마다 고독한 산보자가 된다.

청개구리의 슬픔

'청개구리' 하면 말을 잘 듣지 않고 반대로 행동하는 것을 떠올린다. 평소 엄마의 말을 반대로만 듣는 청개구리의 잘못됨을 걱정한 엄마는 오죽했으면 죽으면서 현실과 반대되는 유언을 했을까. 참, 아이러니하게도 청개구리는 늦게나마 엄마의 죽음을 슬퍼하고 엄마의 소원대로 엄마를 냇가에 묻어주었다. 때늦은 후회를 해 본들 무슨 소용이 있겠는가. 그 후 청개구리는 비가 올 때마다 엄마의 무덤이 물에 떠내려갈까 봐 걱정되어 '개굴개굴' 슬피 운다는 것이다.

경기도 양평 떠드렁 섬에 청개구리 우화와 유사한 이야기가 있다. 어렸을 적 말썽꾸러기였던 무신 이괄과 그의 아버지의 유언에 관한 이야기가 있다. 둘 다 동화(童話) 같은 부정적인 내용을 담고 있지만, 중국 당나라의 ≪속박물지≫에는 효를 주제로 한 설화(說話)가 전해지고 있다.

청개구리에 관련한 속담은 주로 비가 내리는 것과 연관되는데 '청개구리가 울면 비가 오고, 낮은 곳에 있으면 날씨가 맑다'라는 것이 그것이다. 오늘날과 같이 인공위성 구름사진에 의한 일기를 예측하는 시스템이 갖추어 있지 않을 때 청개구리의 행동 특성을 가지고 날씨 변화를 예측했던 선조들의 지혜가 엿보인다.

유년 시절 한여름 밤, 평상에 누워 청개구리들의 평화롭고, 청아하고, 애잔한 낭만의 울음소리를 들었던 시절도 잊지 못할 추억이다.

청개구리의 발가락은 접착성이 강한 둥근 빨판이 있어 높은 나무에도 잘 기어오르고 천적으로부터 위험이 있을 때는 곧장 뛰어내리기도 잘한다. 그래서 나무 개구리(tree frog)라는 별명도 가지고 있다. 나뭇잎이나 풀잎에 숨어있을 때는 보호색인 초록색으로 변하는—주변 환경에 잘 적응하는—표피층 색소과립의 피부 변화 특성을 가지고 있다. 또 수컷의 인두 부근에 커다란 울음주머니가 있어 짝짓기 철에는 크고 멀리까지 전달되는 울음을 운다. 수컷은 공기를 흡입하여 배와 울음주머니로 이동하는 과정에서 그것이 증폭하여 꽈리모양을 만들며, 특히 초저녁 무렵에 강렬하고 힘찬 구애의 노래를 부른다.

청개구리가 울면 왜 비가 오는 걸까. 비 온 뒤에는 짝짓기 활동이 왕성해지고 낮보다는 밤에, 맑은 날보다는 비 오는 날에 편한 피부 숨쉬기로 울음소리를 내기에 적합한 신체 구조로 되어 있다는 것이다. 짝짓기 철에는 기압변화에 민감하여 특히 저기압 전선(前線)이 다가오면 흥분하여 울게 되는데 그래서 청개구리가 큰 소리로 울게 되면 비 올 확률도 높아진다는 것이다. 이것을 생태학적으로 바꿔 말하면 수컷의 크고 힘차고 애정 어린 울음소리에 초록색의 화려하고 매력 있는 피부를 가진 암컷들이 성적으로 반응하여 살금살금 수컷에게 접근한다는 의미이기도 하다. 비록 자연 속 아주 작은 청개구리지만 이런 현상은 모든 생명체의 똑같은 생식본능이 아닐까.

그러고보면 자연 생태계는 참으로 신비롭고 아름다운 방식으로 변화를 보여주는 예술이다. 인간은 100%의 게놈(genom)* 유전자의 정보를 갖고 있지만, 암컷 청개구리의 선호(選好)는 어떻게 진화를 해왔는지 정확히 알 수 없다. 아마도 수컷의 성적(性的) 성공을 거두는 최고의 방법은 암컷들에게 인기를 얻어내는 것으로 추측된다. 수컷과 암컷은 그들만의 예술세계를 창조하고 있다. 수컷의 구애신호─사랑의 메시지─는 일종의 공진화 현상으로 큰 울음소리는 암컷의 매력적 이끌림을 유도하는 사랑의 노래로서 나는 좋은 유전자를 가지고 있어서 좋은 아빠가 될 수 있다는 목적으로 '내가 얼마나 강한지 내 소리와 색깔로 암컷들에게 보여주겠다'라는 과시적 의미일 것이다. 이렇듯 야생에서는 가장 강하고 매혹적인 자만이 살아남는다는 게 자연의 섭리이다.

과학이 예술로부터 배울 때 창의적 실험으로 추측 판단된 것이라고 본다면 수컷 청개구리의 노랫소리는 자연 속 예술가들의 창조적 본능으로 이해하면 될 것이다. 미국의 철학 교수이며 예술 평론가인 아서 단토(Arther C. Danto)는 오늘날 자연의 생태는 아름답든 추하든 무엇이든지 그 변화와 행위 자체만으로도 예술이 될 수 있다고 했다.

첨단과학 기술은 아니지만, 설치류인 자연 예술가 청개구리의 울음은 인간에게 기상을 예측하는 이로움을 주어왔다. 수컷 청개구리의 생존 전략—유전자 번식전략—은 우성(優性)을 선호하는 우주적인 위대한 자연의 법칙으로 동물적 본능임을 시사해 주고 있다. 또 먹이사슬의 위험에서 살아남기 위해 보호색으로 나뭇잎이나 커다란 나무 위에서 살기 알맞은 몸 구조로 변화 발전해 왔다.

까만 밤, 산하의 정적(靜寂)을 울리는 수컷 청개구리들의 청량한 사랑 노랫소리는 시끄럽지만, 인간의 심리적 차원에서 귀여운 정서변화와 뇌의 안정변화를 가져다주고 있다. 이제는 동화 차원의 슬픈 울음은 암컷을 유인하는 생존 번식을 위한 사랑의 노래로, 울음주머니는 울림 주머니로 그 행태적 이미지가 바뀌어야 하지 않겠는가.

*게놈(genome) : 지도를 통하여 유전적으로 일어날 수 있는 여러 현상을 해석하고 설명하고자 하는 학설

까마귀의 죽음

녹음이 우거진 6월의 깊은 숲속 아침, 나만의 아지트 같은 오솔길에서 어미 까마귀 한 마리가 길옆 그루터기 앉아 힘없이 졸고 있었다. 눈만 말똥말똥할 뿐 내가 가까이 가도 움직이지 않았는데 나무 꼭대기에서 까마귀 세 마리가 울부짖고 있었다.

그 다음 날도 같은 시간에 그곳을 찾았다. 똑같은 상황이었다. 그런데 높은 가지에서 울부짖는 새끼들이 잔 나뭇가지를 어미 근처로 던지고 있었다. 저들의 행위가 무엇을 의미하는 걸까? 깊은 숲속으로 가서 죽으라는 의미일까. 속성상 잔가지를 공중에서 떨어뜨려 다시 낚아채는 습성을 어미한테 보이려는 것이었을까. 3일째도 같은 시간에 나는 관심을 가지고 *그곳*에 갔다.

죽은 어미 까마귀가 땅바닥에 널브러져 있었다. 그리고 어제까지만 해도 높은 나뭇가지에서 울부짖던 새끼 까마귀들이 없다. 아, 어미의 장례를 마치고 새끼들도 일상으로 돌아갔는가. 비록 까마귀의 죽음이지만 허무함과 불쌍함이 동시에 느껴졌다.

까마귀는 예언의 전령(傳令)이다. 하얀 겨울 하늘에 날개를 활짝 펴고 날아오르면 영혼의 유희 같은 실루엣을 떠올리게 한다. 인간의 상상 속에 양극단의 존재로서 장난과 엄숙, 시끄러우면서도 차분함, 신성하면서도 속된 조류임을 떠오르게 한다. 때로는 사람들에게 불길한 조짐으로 보이나 강인한 인상 때문에 감탄을 받기도 한다.

검은색은 땅의 빛깔이나 밤의 빛깔로 신비로움을 떠올리게 하는 색이다. 까마귀는 인간과의 관계에서 시적인 관점과 전설적 관점, 예술적 관점에서 종종 비유하기도 한다. 우리나라에도 역사적으로 까마귀 관련 은유 시조가 더러 있었다. 물과 먹의 동양적 사유 방식인 흑색은 해적의 깃발이나 인질 테러범의 마스크, 혹은 죽음의 슬픈 감정—코로나19로 인해 그 선입견이 조금 바뀌지기는 했지만—이 배여 있다. 또 음양오행의 소생이나 상복의 엄숙함과 권위, 예술적 우아함의 긍정적 의미도 있다. 그래서 검은색을 걸치면 한결 권위가 있어 보이고 엄숙해 보여서 예로부터 성직자의 옷이나 상복(喪服) 그리고 법관들의 법복(法服)에 많이 이용되어왔다.

일부일처제를 유지하는 까마귀의 본성은 부부애의 상징으로 여겨왔고 서로에게 소리를 지르면서 소식을 전하는 우화적인 뚜렷한 이미지는 어떤 정령 같기도 하다. 쾌활하고 장난기도 많은 까마귀는 나무의 잔가지를 물고 높이 올라가 떨어뜨린 다음 재빨리 날아가서 다시 낚아채는 싱거워 보이는 공중놀이도 한다.

알래스카지방의 까마귀는 비탈진 지붕의 얼음을 쪼개서 그것을 썰매처럼 타고 내려오는 놀이도 한다고 한다. 까마귀는 신화보다 더 오래된 고대 전설에 자주 등장한다. 성경에 의하면 노아가 홍수에서 육지를 찾고자 했을 때 이 까마귀를 이용하였고, 솔로몬의 노래에는 "신랑의 머리털이 큰 까마귀처럼 검구나."라고 칭찬하는 구절이 있다. 또 고구려 주몽이 흑산(黑山)을 넘을 때 머리가 둘 달린 거대한 까마귀가 나타나 목숨을 건 활시위를 당겼다거나, 한밤중 홍길동을 해치려는 자객의 음모에 까마귀가 갑자기 나타나 세 번이나 울어 죽음의 위기를 면하게 해주었다는 설화도 있다.

조류학자들도 까마귀를 새들 세계에서 가장 영리한 새로 혹은 상서로운 결혼을 상징하는 새로 인정해 오고 있다. 가끔 일부 지역에서 까마귀 떼가 나타나 민원이 발생하는 경우가 있는데 아마도 그 경우는 환경적 요인에 의해 잠시 나타난 현상이지 결코 유해조류로 매도해버릴 사건은 아닐 것이다.

까마귀는 20년 넘게 살면서 확대가족이라는 유대를 발전시켜오고 있다. 까마귀는 다른 야생동물의 흉내를 잘 내는 흉내쟁이이다. 늦가을 대형 무리를 지어 하늘을 나는 것은 침입자의 공격, 먹이 수집의 정보교환, 혹은 짝짓기를 위한 모임이며, 전설에 따르면 이 큰 모임은 왕을 만나 뵙는 알현식이라는 설도 있다. 까마귀는 죽은 동물의 고기를 먹기 위해 전쟁터에서 군대를 따라다니는 법을 터득하기도 했다.

농촌에서 사람이 죽으면 망자의 옷을 지붕 위에 던져놓고 사잣밥*이라 하여 죽은 영혼을 편안히 보내달라는 의미로 마을 입구에 음식을 차려놓는 풍습이 있었다. 그런데 공교롭게도 이때 까마귀가 높은 나무에 앉아 까악까악 짖어댄다. 아마도 '여기 성찬이 있으니 함께 먹자.'라는 동료들을 부르는 것인데 유족에게는 염라대왕한테 안내하는 슬픈 노래로 이해되었을 것이다. 그래서 까마귀는 죽음과 밀접한 관계가 있는 새로 인식되었다. 물론 나라마다 죽음의 문화가 따로 있겠지만 티베트 지방에서는 시체를 들에 내놓아 까마귀가 먹게 하는 조장(鳥葬) 풍습이 있다.

검게 빛나는 몸 색깔 때문에 사람들의 눈에 잘 뜨이는 까마귀. 실제로 까마귀는 인간에게 해로운 새는 아니다. 사람들은 평소에는 까마귀에게 관심을 두지 않는다. 그런데 위기의 순간이 오면 침착하고 검은 강렬한 느낌의 까마귀의 존재를 알아차리고 인간과 더욱 가까이 있음을 의식한다.

죽음에 직면한 그 어미 까마귀도 높은 나뭇가지 위 자신의 포근한 둥지를 생각했을까. 한낱 야생의 조류이지만 어미의 죽음 앞에서 자리를 뜨지 않고 울부짖던 까마귀 가족의 슬픈 이별의 노래를 사흘 동안 지켜보았다. 모든 생명은 종내에는 자연으로 돌아간다는 깨달음과 함께 까마귀가 자연으로 곱게 돌아가기를 빌어주었다.

*사잣밥 : 초상집에서 죽은 사람의 넋을 부르러 오는 염라부의 사자(使者)에
  대접하는 밥을 사잣밥이라고 한다. 지방마다 조금씩 다르지만 주로 볏짚 위
  나 놋그릇에 음식을 담아 집 모퉁이나 마을 앞 당산나무 아래에 갖다 놓는다.

아지랑이의 유혹

엄동설한 긴 동면(冬眠)에서 깨어난 삼라만상이 따사로운 햇볕에 기지개를 켠다. 달구어진 지면(地面)이 간지러운 듯 피워올리는 공기 여린 불꽃처럼 아른거린다. 아지랑이다.

마치도 훈훈한 바람에 밀려오는 향기 품은 여인의 치맛자락이 저 멀리에서 휘날리는 것 같다. 나른한 봄날에 어지러운 낭만을 상징하는 아지랑이의 이미지는 영혼을 유혹하는 봄의 대명사라고 할까. 사막의 신기루가 지친 사람들에게 희망과 용기를 주는 거짓 손길이라면 아지랑이는 자꾸만 사람들을 무아의 경지로 끌어당기는 환몽의 잔상이다.

나는 아지랑이를 보면 육체와 영혼이 무게를 잃고 시간의 변화를 초월하여 피안의 세계로 날아감을 느낀다. 끓어오를 듯한 아지랑이의 하늘거림은 손에 잡힐 듯 잡히지 않듯 애틋한 사랑의 손짓은 점점 더 허무의 꿈속으로 나를 유혹하는 듯하다.

인간의 마음속에도 아지랑이가 있을까. 아무래도 따뜻한 봄날에 무럭무럭 피어오르는 젊은 청춘의 향내가 물씬 풍기는 아지랑이도 있고, 성숙되고 청아한 고운 자태의 중년의 아지랑이도 있고, 점잖은 인격에 고상한 매력이 넘쳐나는 노년의 아지랑이도 있을 것 같다. 잡힐 듯 잡힐 듯 잡히지 않는 사랑의 술래잡기 같은 정겹게 어른거리는 아지랑이 말이다.

사람의 마음속에 피어오르는 아지랑이는 환경적인 요인보다도 심리적, 성적(性的) 혹은 감성적인 느낌이 더 많이 내재해 있는 것 같다. 멀리서 혹은 가까이서 달콤한 사랑의 멜로디가 흘러나오는 것 같다. 비록 뜨거운 지열에 의해 끓어오르는 솥뚜껑 사랑의 매끈한 S자형의 몸놀림 같지만, 청춘의 젊은 정열과 간지러운 사랑의 유혹은 마음을 더욱 끌리게 하며 혼미한 정신적 잔상의 매력을 보여주고 있는 것 같다.

나에게도 저런 예민하고 아름다운 감성적 사랑의 제스처가 있었을까. 나이가 들어가면서 감정의 느낌도 조금씩 둔해진다는 것은 쓸데없는 기우(杞憂)일까. 성숙된 관념은 더 중후하고, 더 은은한 향기를 품어내며 향긋한 꽃내음도 가슴속에서 더 화려하게 피어오른다고 했는데….

산뜻한 생기를 되찾은 나무나 식물의 푸르름이 두둥실 날아 오를듯한 연록의 풍선 같듯이 사람의 몸과 마음도 한결 가벼워진다. 아늑하고 포근한 사랑의 유혹에 젊은 청춘은 어지럽지만 달콤한 꿈을 꾼다. 어른거리는 아지랑이의 깔깔거리는 춤을 보고 있노라면 혼돈의 유혹과 어지러움 속에 빠져든다. 그리움으로 추억을 더듬어낸 그 어른거림은 아름다운 자연의 신비를 사람들의 마음속에 심어주고 있다.

아지랑이는 이른 봄에 땅에서 피어오를 때 어질어질—어지러움—혹은 아른아른—희미한 그림자가 물결처럼 움직이는 듯한—하는 순수한 우리말이다. 거기에는 고향의 향수가 배어있듯, 어머님의 숨결이 느껴지듯 포근한 낭만의 속삭임이 있다. 천지창조 때부터 있어온 아지랑이의 잡히지 않는 어른거림은 사람들의 마음에 이런 순수하고 따뜻한 봄의 이미지를 심어주고 있다.

이런 사랑스러움과 천진함이 자연에서부터 다가옴을 인식할 때 인간은 자연에 대해 겸허함을 배우고 그 속에서 범죄 그리고 시기와 질투가 없는 아름답고 평화로운 세상도 그려 볼 수도 있지 않을까 하고 간지러운 기대를 해 본다.

숲속의 노래

   사람들은 자신이 누구인지, 행복이 무엇인지 깊이 생각해 보기 위해, 또는 기도나 고해(告解)의 장소를 찾기도 하고 어떤 이들은 조용한 숲을 찾는다. 그곳에서 사람들은 나무, 곤충, 야생동물, 바위, 심지어는 자연의 소리에까지 마음의 리듬이 있음을 느끼고 교류하며, 그 신비함에 신선한 자극을 받아 심신을 이완시키고 마음의 평정을 찾는다.

   신록의 6월 숲속, 녹색 향연에 동화되어 망각과 무아의 텅 빈 의식을 채워본다. 나뭇잎들의 깔깔거림과 바위들의 두런거림에 귀를 기울이며 호젓한 숲길 옆 기울어져 가는 벤치에 앉아 조용히 눈을 감고 영혼의 날갯짓에 편승한다. 고요를 온몸으로 느끼며 침묵의 소리를 듣는다.

   보이지도 않는 내 마음의 짐은 왜 이다지도 무거울까. 천근(千斤)보다 더 무거운 이 유령 같은 짐을 어떻게 하면 홀가분하게 내려놓을 수 있을까. 어떻게 하면 마음에 얽매인 끈을 풀어버릴 수 있을까. 어떻게 하면 삶이 주는 선물의 고마움을 깨닫고, 더 평온하고,

더 너그럽고, 더 풍요로운 인생을 살 수 있을까. 나 자신의 심장이 뛰는 소리를 듣는다. 스치는 바람이 전해주는 소리도 듣는다. 오감을 만족하게 해주고 마음까지 맑게 해주는 숲의 긍정적 감정변화를 느끼는 지혜도 얻는다.

이런 행위들은 복잡한 일상 속 소음, 공해 등 감각을 불안전하게 만드는 요소들을 정화하여 깨어진 심리적 삶의 균형과 마음의 안정을 회복시켜 주는가 보다. 아, 아름다운 강산이여, 빈 내 마음을 채워주기 위해 녹색의 행복 엔도르핀을 많이 많이 나오게 해다오.

인간의 자연적인 삶은 숲과 조화롭게 살아가는 것이다. 색깔도 없는 시원한 숲의 냄새란 과연 무엇일까. 그것은 바로 심신의 안정과 스트레스 해소에 좋은 효과를 주는 보이지 않는 나무의 방산(放散) 물질로서 사람들은 그것을 마음껏 마신다. 또 소나무와 같은 침엽수에서 나오는 테르펜(terpene)계 물질은 향도 강하고 기분도 아주 상쾌하게 해주기에 많은 사람이 눈과 코를 즐겁게 해주는 쭉쭉 뻗은 소나무 숲을 즐겨 찾기도 한다.

한 걸음 한 걸음 사색에 잠겨 행복에 대한 동경이 담겨 있는 길-산책길(페리파토스 peripatos)-을 뚜벅뚜벅 걷는다. 마치 걸으면서 날려버릴 수 없을 정도로 괴로운 생각은 알지 못한 것처럼, 메마른 낙엽 위 바스락거리는 소리에 신경을 곤두세우고 사방을 두리번거린다.

산까치 한 쌍이 긴 흑백의 꼬리를 씰룩거리면서 먹이를 찾고 있다. 어찌하여 인가 근처에서 이른 새벽 반가운 손님이 올 것이라는 희망의 소식을 주지 않고 깊은 산속에서 살까. 그들의 조상들이 원래 산속에서 생존해 왔을까. 그래도 자연 생태계의 동참은 저 산까치들이 있기에 더 소중하게 느껴진 것 같다. 꿩꿩, 푸드덕! 장기들의 사랑 노래도 3월 중 산속 이곳저곳에서 많이 들리는데 지금은 들리지 않는다. 아마도 부화한 새끼들만을 돌보는 것이 더 중요한 어미들의 의무인가 보다.

오솔길 옆에서 까투리가 6~7마리의 귀여운 꺼병이를 데리고 먹이 찾는 학습을 나왔는가 보다. 사람을 극도로 경계하는 그 가족은 나를 보자마자 36계 줄행랑을 친다. 날개도 없어 날지도 못하는 꺼병이들의 종종걸음은 그 빠르기가 대단하다. 만약 도망갈 여건이 안 되면 풀숲에 숨거나 나뭇잎을 뒤집어쓰고 죽는시늉으로 위기를 모면한다. 참 그들 조상의 생존 학습이 기특하기만 하다.

걸음을 멈추고 산새들의 소리에 귀를 기울여본다. 그들의 지저귀는 소리는 사랑의 세레나데인 듯싶다. 짝짓기 때 수놈들의 노래는 더 크고, 더 멋지고, 더 앙칼졌는데 지금은 아주 차분하고, 곱고, 아름답게 들린다. 그저 배부르니까 동료들과 흥겹게 재잘거리다가 나무 사이를 여유롭게 날아다닌다. 퍽 자유스럽고 평화롭게 보인다. 인간의 삶은 그 무거운 짐 때문에 그렇지 못하다.

만약 인간들이 저 새들처럼 내일이 없고, 먹고 입는 것에 걱정하지 않고, 오직 오늘만을 위해서 살아간다면 얼마나 행복할까. 녹색의 신선함을 마음껏 마시고 마음의 안정을 되찾는다. 새들의 노랫소리, 바람 소리에 심취되어 자신도 모르게 흥얼거리는 콧노래를 부르며, 편안한 기분으로 행복한 마음도 조율해 본다. 이 어찌 인간과 자연이 하나가 되지 않는다고 할 수 있겠는가. 혈압과 호흡, 강화된 허리 근력, 결국 이런 요소들이 숲속의 노래가 되고 천연의 비아그라 효과도 있는 것이 아닐까. 숲속 길을 걸으며 변화의 신비에 참여한 한결 깨끗하고 가벼워진 심리적 거울인 자아는 숲속의 노래를 통해서 발견되는 것이라고 하니까.

다이옥신의 위해(危害)

'70년대 개발도상국상에 있던 한국은 한강의 기적을 일구며, 경제개발 5개년 계획을 추진하고 근검절약 저축이 생활화하는 아름다운 풍속도 있었다.

인력수출국이라는 오명을 감수하고 어찌하든 가난을 벗어나기 위해 사막의 모래 한가운데서, 탄광 속에서, 남의 나라 간호사로 시체를 닦으면서 삶의 질도 생각할 겨를이 없이 열심히 일해 왔었다. 오직 달라($) 한 푼이라도 더 벌기 위해서 말이다.

그런데 국내에선 개발의 호재를 타고 복부인과 졸부들이 생겨나면서 돈의 가치에 따른 사람의 가치를 재평가하는 새로운 사회 패러다임이 출현했다.

그 시절 우리 삶에서 중요한 환경문제는 뒷전이었다. 폐기물을 아무 데나 버리고, 땅에 묻고, 함부로 태웠다. 이런 행위가 토양이나 수질을 오염시키고 인체에도 좋지 않은 영향을 미친다는 건 생각조차 못 했다. 공장의 폐수를 하천으로 마구 흘려보내 서울 시민의 젖줄인 한강의 소하천들이 썩어 악취가 나고 생명체가 살 수 없는 죽음의 물로 변했다. 정부의 규제나 법령마련도 미비했다. 우선 배고픔을 면하고 어찌하든 발전만이 최우선이었다.

　지금은 그런 소하천들이 맑아지면서 사라졌던 물고기들이 다시 돌아와 헤엄치고 황새며 왜가리들이 강변 여기저기서 한가롭게 먹이를 찾고 있다. 난지도에 거대한 쓰레기 산이 생길 때 토양, 수질, 공기오염 분야도 눈을 뜨며 관련법도 정비하기 시작했다. 서울의 여기저기에는 빌딩 숲과 아파트촌이 생기고 지역 이기주의도 대두되었다. 서울의 쓰레기는 수도권 매립지로 옮기고 일부 지자체에서는 자체 소각장을 건설하여 소각 열을 자원화한 후 주민에게 열에너지를 환원해 주는 발 빠른 정책을 펼쳤다.

　그러나 인체에 해를 주는 다이옥신(dioxine)은 소각이나 연소과정에서 생성되는 유독한 물질이기 때문에 처음부터 주민들의 동의는 쉽지 않았다. 유독성 다이옥신은 대부분 식품, 호흡, 토양을 통해서 섭취되고 있기에 초식동물보다는 육식동물, 특히 사람의 몸속에 가장 많이 존재한다고 한다. 다이옥신의 대표적인 위해성은 발암성과 생식독성, 즉 환경 호르몬으로서의 작용이다. 다이옥신은 생태계 축적성 물질이기 때문에 일반 환경－수질, 대기 및 식품－에서의 농도평가를 통한 실태조사와 더불어 인체 내－혈액, 지방조직, 모유－에서의 함유 농도평가도 매우 중요한 부분이 되었다.

　산업화 과정을 통해서 경제성장을 이룬 우리는 이제야 삶의 질을 높이기 위해 환경에 눈을 뜨기 시작했다.

　여유 있는 사람들은 차별화된 의식주를 실현하고자 도시의 소음이나 복잡한 사회생활을 잠시 탈피하여 주말이면 교외의 별장을 찾는다. 도심 녹지율은 이웃 중국이나 일본에 비해 낮지만, 우리의 수도권은 산도 많고, 물도 맑은 곳이 많다.

우리의 농촌에서는 여전히 환경에 신경을 쓰지 않는 것 같다. 젊은 세대는 도회지로 나가고 남은 노인들은 환경이 무엇이고, 다이옥신이 무엇인지 알 수 없고 알려고도 하지 않는다. 그래서 공장지대에서나 이웃집에서 인체에 해를 끼치는 폐기물을 태운다고 해도 상관하지 않는다.

수도권에는 공장이 산재해 있기에 외형상으로 봐서는 공기 좋고 물 맑은 곳으로 인식되나 실제로 이들 공장에서는 몇 푼의 처리비를 아끼기 위해 인체에 해를 주는 폐기물을 인적이 드문 후미진 곳에서 몰래 소각한다. 특히나 밤이 되면 이곳저곳에서 경쟁이나 하듯 퀴퀴한 냄새를 풍기는 연기가 뭉게뭉게 피어오른다. 감시자가 잠을 포기하고 밤새 산속 이곳저곳을 감시하는 데도 한계가 있다고 여겨진다. 인간의 양심적인 문제와 싸우는 현실이 너무나 안타깝다.

서울 도심은 매연이나 먼지 때문에 사람들이 살면서 많은 불편을 느낀다. 물론 높은 빌딩 숲이 많고, 아파트 단지가 많고, 차량이 많다 보니 그렇게 생각할 수도 있겠으나 이제는 시민들의 환경에 관한 관심과 관련 기관의 규제와 감독도 철저하다. 하지만 수도권 산속의 공장지대나 농촌에서 대책 없이 폐기물을 종종 소각시켜 측정할 수도 없는 양의 다이옥신과 환경 유해 물질이 생성되고 있는 것 같다.

　별장이나 펜션만이 도심 생활에서 지친 심신을 풀어주는 좋은 방법은 아닐 것 같다. 거기에는 반드시 깨끗한 물, 맑은 공기 그리고 아름다운 자연이 곁에 있어야만 할 것이다. 나 혼자만 잘살자는 생각보다는 모두가 더불어 좋은 환경 속에서 살아야 하지 않을까. 그러기 위해서 이웃을 생각하고, 환경을 생각하고, 지구도 생각해야 하는 깨우쳐진 높은 환경 의식을 갖는다면 미래 우리의 삶의 질도 한층 더 좋아질 것이라고 믿는다.

몸이 멀어지면

영어 속담에 "Out of sight, out of mind."라는 말이 있는데 몸이 멀어지면 마음도 자연히 멀어진다는 의미이다. 이와 비슷한 우리나라 속담에 "먼 친척보다 가까운 이웃이 더 낫다."라는 말이 있다. 이처럼 사람이나 동물이나 환경적인 지배를 받고 사는 것임에는 틀림이 없는가 보다. 인간의 삶의 형태와 인간관계─본성, 물질적인 득실에 따른 오해, 상호 부정적 신의(信義) 등─가 사회의 변화에 따라 이렇게 멀어진 현상이 생기는 것은 어찌 보면 당연한 자연의 순리라고밖에 생각할 수 없을 것 같다. 하긴, 복잡한 사회생활에서 휴대폰으로 안부를 묻는 것이 더 편리하고 자연스러운 생활의 변화라고 할 수 있을 것이다.

다양하고 세분된 현대 사회는 자본주의와 이기주의의 질서 속에서 핵가족화를 만들고 대가족제도에서 나누던 가족 간 정은 희미한 추억이 되어버린 지 오래다. 참 많이 허전하고 쓸쓸하고 각박하고 냉정해졌다.

감정은 '정을 느낀다'라는 의미로 영어에서는 감정과 관련된 용어가 'feeling, emotion' 등이 있는데 우리말의 감정과 정서도 같은 의미로 사용되고 있다. 감정을 느낄 때의 사람들의 표정은 행복, 분노, 슬픔 등으로 나타나는데 인간관계에서 서로 친할 때의 감정과 화(禍)가 나거나 멀리 떨어져 있을 때의 감정은 언어로 표현할 수 없는 의식적 희로(喜怒)의 연민을 가슴에 품게 한다고 한다. 화나는 일을 당하면 아무리 좋게 생각하려 해도 쉽게 그 화가 없어지지 않는 것은 어쩔 수 없는 것인데 우리의 뇌는 화나기 전에 그 상황을 이미 느끼고 있었다는 것이다.

사람의 뇌는 오감을 기억하고 명령한다. 정과 오감의 잦은 교류는 이미지를 선명하게 해준다. 보이지 않고 소통이 없으면 시청 중추 뇌의 기능은 희미해지고 정의 한계와 인간미의 소원(疏遠)을 가져온다고 한다. 물론 심리학적인 분석이나 학술적인 정의는 아닐지도 모르지만 말이다. 다만 나의 개인적인 심증이고 경험적인 쓸쓸함일 뿐이다.

감정은 개인의 심적 상태를 표현하는 말뿐만 아니라 그 말 자체는 역사적이고 문화적인 개념이므로 동일한 감정을 표현하는 언어는 각자 다를 수 있고 문화에 따라 다른 감정의 공감대도 미묘한 차이를 나타낼 수 있다. 그래서 인간의 보편적인 감정이나 정이라는 개념은 한계가 있을 수밖에 없을 것 같다. 사회가 발전하고 인간의 심리도 복잡하게 된 오늘날의 사회생활에서의 경험적 인간관계의 유지관리는 훨씬 더 심층적으로 이루어져야 하지 않을까.

비록 보이지는 않지만 뇌는 신체의 모든 기능과 상호작용하고 있으므로 평소의 시각중추 뇌의 이미지 관리나 이성적 사고(思考)는 지속적인 관심으로 그 한계나 멀어짐의 취약점을 극복해야 하지 않을까 싶기도 하다.

모든 일에 정을 남기면 나중에라도 반드시 서로 좋은 얼굴로 만난다고 했듯이 감정을 가진 우리 인간들은 동물과 달리 좋은 감정을 꾸준히 유지할 수 있기에 비록 오랫동안일지라도 그것을 잊지 않으면 예전의 따뜻한 정은 반드시 회복될 수 있다는 것이다.

나의 외손녀 이유민은 돌 지나고 바로 아빠 따라 외국에 갔다. 등에 업은 아기가 너무 작아서 못 본 항공사 탑승 확인 직원이 여권상의 사람 수가 다르다고 하여 실소(失笑)를 자아내기도 했다. 그 아기가 초등학교 2학년까지 외국에서 다니다가 귀국하여 처음에는 할아버지인 나를 멀리해서 좀 서운했다.

생각해 보면 나는 우리 민이를 똑똑히 기억하고 있지만 민이는 아주 어려서 내 곁을 떠났기에 할아버지인 내 모습을 확실히 기억하지 못한 것은 당연하다. 종종 국제전화를 한 것으로 정을 느끼며 할아버지의 모습을 기억하는 데는 어린아이로서 한계가 있었을 것이다. 그래도 귀국했을 때 할아버지는 그런 문화적 한계는 생각하지 않고 너무 반가워 손도 잡아 보고, 안아 보고도 싶었는데 냉정하기만 하니 나는 속이 많이 탔다.

민이가 오랜 기간 서양의 문화권 속에서 생활했지만, 근본적으로 우린 정이 많은 한 가족이었기에 그 냉정함은 얼마 가지 않아 따뜻한 정으로 다시 회복되었다. 이제는 손도 잡고, 말도 붙이고,

할아버지 무릎에도 앉으며, 사랑스러운 포옹도 해주니 얼마나 귀엽고 행복한지 모른다. 지금은 중학생이 되었으니 그 의젓함에 마음이 흐뭇할 뿐이다. 훤칠한 키, 하얀 피부, 초롱초롱한 까만 눈망울의 예쁜 우리 외손녀 민이, 틈틈이 할아버지의 수필집─ 2집, 『보이지 않는 거울』─을 재미있게 읽는 고마운 우리 외손녀, 할아버지와 함께 걸을 땐 팔짱을 꼭 끼고 사랑의 정을 전달해 주는 우리 외손녀 민이, 상냥한 미소로 할아버지의 마음을 포근히 녹여주는 우리 외손녀 민이, 이 할아버지는 너를 많이 많이 사랑한단다!

감정이란 사람의 판단에 영향을 주고 기쁨이나 고통을 동반하는 것이라고 정의했지만 이런 인간다움의 감정은 시간이 지나면서 자칫 그 열정과 목적의식의 불꽃이 시들어 꺼져버릴 수도 있는 것이다. 이런 인간의 감정을 떠받치는 심리상태를 이해하는 것은 마치 판도라의 상자를 여는 것같이 정상적인 기분도 있고, 유쾌한 기분도 있고, 불쾌한 기분도 있다. 사람은 감정의 동물이기 때문에 자주 보고, 대화하고, 미운 정, 고운 정도 함께 오가야 한다. 이런 인간의 기본적인 따뜻한 정은 이성적이며 정신적인 문화유산이다.

멀리 있다고 하여 어찌 친척이 아니겠는가마는 때로는 위급한 상황일 때, 가까이 있는 이웃이 먼저 달려온다는 것은 무시할 수 없는 현실인 것 같다. 비록 'Out of sight, out of mind'는 서양의 생활방식의 소산물이지만, 그래도 정으로 이루어진 우리의 아름다운 문화를 꾸준히 가꾸어 나간다면 더 좋은 친구, 더 화목한 가족, 더 사랑스러운 연인이 되지 않을까 하고 생각해 본다.

별빛 쏟아지는 한강

　귀뚜라미 구슬프게 울어대는 늦가을, 까만 밤하늘의 정적이 여의도 고수부지에 깔리고 있다. 63빌딩의 희미한 불빛만이 정적을 달래듯 오르내리며 깜박거리고 있다. 여의도 불꽃축제를 보려는 인파들이 몰려들고 있다.

　차도, 사람도 자연스럽게 멈춰 서버린 여의도, 노량진 일대는 말없는 질서 존중의 현장이 되어 그저 평온하다. 지하철도 이곳에서는 정차하지 않고 그냥 지나가 버린다. 그 지나감이 혼란의 예방과 안전을 담보해 주는 것이라면 밤하늘의 시각적인 아름다움을 느낀 사람들도 더 풍요로운 감정을 유발한다고 한 말이 일리가 있는 것 같다.

　이동 장사하는 사람들도 성시(成市)를 이루고 한몫하는 것 같다. 노량진 인근 높은 빌딩들의 음식점 좋은 자리는 이미 예약되어 모두가 창가로 몰려있다. 짧은 시간이지만 불꽃놀이는 사회, 경제, 정서적으로 이 지역 경제 활성화에 도움이 되는 것 같다.

　곧 웅장한 음악이 울려 퍼진다. 하늘에서의 화려한 불꽃 매직쇼와 음악의 매칭 의미는 차치하고서라도 시각과 청각 효과는 극대화되어 구경꾼들이 환호한다.

불꽃놀이의 발명품은 도심의 네온사인 불빛보다는 인간의 정신적인 경탄에 더 많은 긍정의 효과를 만들어 주어 화려한 예술을 체험하게 해주는 것 같다. 거울보다 더 깨끗한 검은 얼굴로 환한 불꽃 그림자를 반사하며 흘러가는 한강을 먼 옛날로 되돌려본다.

사람들의 환호에 잠시 머뭇거리던 저 강물도 밤새 굽이굽이 두려움 속에 흐르다가 내일 아침이면 서해바다의 큰 파도와 어깨동무를 하며 만남의 찬가를 힘차게 부를 것이다.

우리는 지금 그 어느 때보다 자극으로 가득 찬 세상을 살아가고 있기에 이 멋진 불꽃은 귀와 눈을 즐겁게 해주는 스트레스 해소제로서, 무기의 공포가 아닌 문화현상으로서 더욱 흥미가 있는 것 같다. 불꽃은 물리적인 빛을 발하는 삶의 공간에 대한 순간의 정신적 기억이며 시간에 대한 지각을 변화시키는 여운의 즐거움이다. 구경꾼들에게는 진정한 즐거움을 선사하지만, 주최 측은 자기네들의 또 다른 간접적 목적이 있을 것이기에 가장 근사하고 가장 빠르게 유쾌한 방법으로 많은 돈을 공중으로 날려 보내는 현시(顯示)적 연출인 것만은 틀림없는 사실이다.

까만 밤하늘에 울려 퍼진 대포 소리와 함께 터지기 시작한 불꽃은 음악적이고 해학적인 효과를 충분히 내준다. 하얀 민들레 홀씨처럼 쏟아지는 찬란한 불꽃 편린들은 여의도 부근 고수부지와 한강 위에 반짝거림의 여러 모습을 현란하게 수놓으며 구경꾼들에게 시각적 착각을 안겨주고 있다.

까만 밤하늘에 번쩍 빛나는 폭음을 내면서 폭죽이 터지면 비명 대신에 한줄기 잔상－순간적으로 나타났다 사라져서 좀체 알아차리기 어려운 미세표정－으로 시간 속에 매몰된 공간에서 구경꾼들의 황홀한 탄성이 터져 나온다. 연이어 사람들은 또 다른 기대로 짧은 침묵의 순간들이지만 유쾌한 분위기를 마음껏 발산한다.

오늘날처럼 복잡한 도시 생활 가운데서도 이런 엑스터시＊한순간을 갖는다는 것은 큰 위로가 된다. 이렇듯 전장에서의 불꽃은 공포와 죽음을 의미한 것이지만 군중 속에서의 불꽃은 순간순간 환경의 유희적 놀이라고 보면 될 것 같다. 마치 악보에 따라 연주되는 교향곡처럼 구경꾼들에게는 긴장과 환희의 연속이 있을 뿐이니까 말이다.

펑! 하는 순간 소리－소름과 시신경의 아찔한 놀라움－와 함께 신비의 황금빛 꽃받침에서 떨어져 나온 화려한 빛의 오색 불똥들은 마치 작은 별들이 한강 물 위에 어둠을 찢으며 폭포수처럼 흘러내린 것 같다. 그 뒤에 하늘의 진짜 별들이 다시 모습을 드러내 강물 위에 어른거린다. 형체를 알 수 없는 그 불꽃탄은 끝없이 올라가 밤하늘 전체를 오래도록 밝힐 듯한 기세였으나 설계상 계산된 물리적 한계점에 이르러 갑자기 성난 듯 짧은 폭음과 함께 그 영롱함은 소리 없이 흘러내리면서 사라져 버린다.

환상의 불빛이 사라지자 갑자기 뜬 소경이 된 듯한 하늘은 구경꾼들의 감탄 함성과 함께 다시 깜깜해진다.

밤하늘을 수놓은 불꽃을 보면서, 유유히 흐르는 한강을 보면서 문화시민으로 긍지를 느낀다. 오늘날 선진국들이 자국의 번영만을 추구하지 않고 모든 인류의 삶의 질을 생각한다면 국가 간 다양한 문화 선택의 폭은 더 넓어질 것이다. 그리고 모든 인류가 추구하는 멋진 삶의 아름다움도 그 꽃을 피울 것이다.

　다행인 것은 모든 인류에게 주는 짜릿한 정서적 비전—첨단 화학물질과 안무가 결합한 빛의 퍼레이드—이 오감을 만족시켜주는 밤하늘의 불꽃놀이처럼 정신건강인 문화생활의 무대를 선물해주고 있다는 점이다. 이렇듯 과학의 발달과 눈부신 경제성장의 현실이 있기에 기계화된 삶에서 잠시 여유를 찾은 사람들에게 보여주는 불꽃놀이는 모두에게 큰 선물이 되고 정신적 위안도 되어 준다. 칠흑의 어둠 속 불꽃의 유희를 보면서 꿈과 희망을 꽃피우고, 자신의 삶을 통제하지 못한 데서 생기는 스트레스를 마음껏 발산하고, 돌아서는 사람들의 발걸음들이 한결 가벼워 보인다.

*엑스터시(ecstasy) : 심리적 용어로 인간의 감정이 고조되어 순간 자기 자신을 잊고 도취하여 흥분되는 현상

낙엽을 밟으며

　나무는 봄이 되면 새잎이 내밀어 초록의 향연을 베풀고, 가을이면 이 잎들은 소슬한 바람에 자신을 무성하게 키워준 가지와 아쉬운 이별을 하고 소리 없이 땅바닥에 한 잎 두 잎 흩날리며 쓸쓸한 낭만을 맞이한다.

　싱싱한 초록의 무성한 잎들을 거느리며 짙은 그늘을 드리운 물오리나무나 초록의 물감이 뚝뚝 떨어질 것만 같은 농밀한 갈참나무는 자연의 무궁한 아름다움과 신비를 품은 그 초록의 영광도 계절의 마술에 걸린 채 빨간색, 노란색, 황갈색, 적갈색 등의 형형색색 아름다운 색깔로 한 해를 현란하게 마무리한다. 그리고는 겸허히 흙에 들어가 어미나무들의 자양분이 되는 엄연한 자연의 순리를 반복하는 그 낙엽들에게 연민의 정을 느낀다.

　나무는 잎이 큰 활엽수도 있고 잎이 바늘 같은 침엽수도 있다. 초록 잎의 엽록소는 부드러운 것도 있고 단단한 것도 있다. 또, 건조한 날씨의 단풍은 형체가 뚜렷하고 잦은 빗속의 단풍은 색깔도 우중충하고 생김새도 볼품이 없다. 침엽수의 단풍은 강하지만 바스러지지 않고 미끄러운 감촉만을 주지만 물오리나무나 갈참나무 같은 활엽수는 목질이 튼튼하고 그 나무의 단풍도 엽록소 세포 조직이 조밀하여 사람이 밟을 때 강도 있게 바스락거린다.

인적이 드문 깊은 산속, 수북이 쌓인 단풍은 지면을 포근히 덮어주어 북풍한설에 오슬오슬 떠는 나무뿌리들의 보온덮개가 되어 온기로 위로해 주는 것은 모성의 정이라고 해야 할까, 자녀의 효심이라고 해야 할까. 흙내음조차도 나질 않는 두터운 낙엽 속에서 알밤 찾는 다람쥐들의 바스락거리는 소리만이 신경을 곤두세워주고 있다. 움찔하여 걸음을 멈추고 주변을 두리번거려 본다. 그러나 그 소리는 보호색의 신비로운 조화일 뿐 내 눈에는 초점이 맞춰지지 않는다.

겹겹이 쌓인 단풍을 밟는다. 뇌와 통해 있는 인체의 감각은 접촉을 통해서 혹은 소리를 통해서 느낀다. 사람은 딱딱한 아스팔트 위를 걸을 때, 흙길을 걸을 때, 움직이는 함선이나 비행기 안에서 걸을 때, 각각 현상에 따라서 느끼는 감정이나 신체에 미치는 영향 또한 각기 다르다고 한다. 그중에서도 사람은 흙 위에서 걷는 기본적인 신체 구조를 갖추고 있기에 아마도 그것은 조물주의 특권일지도 모른다.

단풍을 밟을 때 감촉과 사각거리는 소리는 뇌의 이미지나 간지러운 감정을 저장하여 마음을 편안하게 해주고 경쾌한 뇌의 활성에도 도움을 주는 엔도르핀이라는 선물을 만들어 줌으로써 산보의 행복을 마음껏 느끼게 해준다. 한 걸음 두 걸음 낙엽을 밟는 발길 위에 산의 정령의 축복으로 마음과 정신의 깨끗함과 기분 좋은 뇌파가 나온다는 의미일 것이다. 이것이 곧 자연이 주는 축복이 아니고 무엇이겠는가.

5, 60년대 배고픈 시절, 농촌의 재래식 부엌은 오직 산의 낙엽을 연료 대용으로 쓰게끔 만들어져 있었다. 오늘날처럼 산림도 무성하지 않았고 황토 민둥산이 많았지만, 가을이면 마을에서 멀리까지 원정하여 이 낙엽을 긁어모아 노적봉처럼 쌓아놓고 한겨울을 넘겼다. 지지리도 못살던 그 시절, 식량과 맞먹는 귀한 재산인 이 낙엽이었다. 그때 낙엽의 의미는 생존의 수단이었을 뿐 밟으면 기분 좋은 사각거림과 신경의 안정을 얻는 낭만을 어찌 생각할 여유가 있었겠는가. 이 낙엽은 배고픔을 이기는 든든한 삶의 준비물로만 생각되었다.

산과 나무와 낙엽 그리고 인간, 그 조화의 배경은 시대가 변하므로 지금은 너무나 많이 달라졌다. 백담사 인근의 옥수가 흐르는 계곡 옆 호젓한 한용운 님의 산책로를 걸어본다. 이별, 갈등, 희망, 만남의 의미를 생각하며 「님의 침묵」을 읊조려 본다. 민족의 독립을 위해 독립선언 33인의 한 사람으로 평화와 비폭력으로 나라의 독립을 쟁취하고자 했던 임의 행적을 걸으면서 떨어진 낙엽을 밟아본다. 바스락거리는 소리에서 일본인에게 억압받았던 우리 민족의 아픔을 느껴본다. 쫑긋한 귀, 바싹 쳐든 꼬리, 새까만 부라린 눈동자의 청설모가 바위와 나무 위를 날 듯 재빨리 기어오른다. 예나 지금이나 인간의 마음을 아는지 모르는지 다만 동물적인 근성만은 귀여울 뿐이다.

　자연은 나무에게 잎을 주고 낙엽을 준다. 인간은 그 변화 속에서 영적 성장의 실존적 의미로 계절의 향수를 느낀다. 처연하게 널브러진 낙엽을 밟으며, 오감을 자극하는 자연의 소리와 감촉을 느낀다. 나무 사이로 스산하게 지나가는 '덧없음'이라는 바람이 마음을 위축시켰던 근심과 걱정을 품어준다. 낙엽은 깜깜한 밤 산중에서 길 잃은 나그네에게 길을 안내−바스락거리는 소리가 나면 길을 벗어난 것이고, 바스락거리는 소리가 나지 않으면 바른길을 간다는 지혜−하는 인명 구원의 나침반이 되어 주기도 한다.

　낙엽에서 겸손과 희생을 배우고, 민족의 역사도 배운다. 또한 자연의 순환 속에서 몸과 마음을 충만함으로 채우고, 낭만적인 삶의 진실과 사랑도 배운다. 감각을 자극하는 바스락거리는 감촉에 심신의 이완된 평화를 얻고, 뇌세포의 짜릿한 영혼의 즐거움도 얻기에, 나는 수시로 낙엽 쌓인 호젓한 산길을 걷곤 한다.

2

미소 짓는 호수

내 사랑 별찌

'별찌'는 매우 빨리 지나가거나 순식간에 떨어져 버리는 별똥별을 일컫는 우리 고유의 말이다.

까만 밤하늘을 현란한 불꽃으로 수놓은 영혼의 유희라고 할까. 별들의 애교 어린 사랑놀이라고 할까. 별똥별 하나가 서편 하늘로 좁은 내 품에 안기기라도 하려는 듯 빠르게 떨어지더니 멀리 사라진다. 손을 펴면 잡힐세라 금방 사라졌지만, 또 다른 별찌는 더 화려하고 긴 불꽃 꼬리를 살랑거리면서 내 마음의 애증 섞인 감정을 달래준다. 나는 그 사랑의 노래에 취해 그 환영(幻影)의 마력 속에서 아련한 꿈을 여실히 형상화하곤 한다. 무언가 그리워 보고 싶은 내 눈의 하얀 눈동자를 어루만져준다.

우주 쇼의 흥분과 기대로 천상의 휴식처도 제공해 준다. 언제나 내 마음에 떠오르는 아름다운 희망의 불꽃 줄기를 보여준 내 사랑 별찌!

사금파리를 뿌려 놓은 듯한 까만 밤하늘엔 별들의 속삭임이 한창이다. 그 별자리에는 그 이름들이 있다. 이름도 성도 없이 떠도는 나그네별들도 있다.

그런데도 어찌 우주의 신비를 몇 개의 이름으로 대별하겠는가. 허블 우주 망원경에서 띄워 보낸 은하계의 수수께끼를 밝히는 데 한계가 있었지만, 이제는 그 한계를 넘어 더 상세한 우주 비밀을 밝힐 제임스 웨브(James webb) 우주망원경을 쏴 올리고 있으니 더 경이로울 뿐이다. 저 이글거리는 태양까지도 탐사하려고 하는 인간의 꿈은 그 끝이 없는 것 같다.

꼬리별에서 떨어져 나온 티끌이 지구 중력에 이끌려 대기권 안으로 들어오면서 대기와의 마찰로 인해 불타는 현상을 우리는 유성이라 부른다. 그것은 마치 소나기처럼 수많은 불똥을 쏟아내기에 별똥별이라고도 한다. 긴 꼬리를 휘날리며 창공을 미끄러지는 그 도깨비 불꽃은 동심을 자극하는 화려하고 환상적인 밤하늘의 불꽃 쇼였다. 멀리서 떨어지는 운석 덩이는 땅에 떨어지지 못하고 하늘에서 빛잔치를 해버리는 것은 아닐까. 내 머리 위에도 운석이 떨어질 수 있을까. 아마도 그런 허무맹랑한 우주 기적은 일어나지 않겠지. 그저 꿈속의 기적만을 기대해 볼 뿐이다.

오늘날의 도회지에서는 은하계의 낭만을 볼 수 없어진 지는 오래다. 환경오염과 높은 콘크리트 빌딩 숲 때문에 반짝이는 별들과의 속삭임도 들을 수 없다. 별똥별의 로켓 불꽃도 볼 수 없다. 그 옛날 한여름 밤, 마당에 멍석을 깔아놓고 별을 헤아리던 전설 같은 이야기도 없다. 다만 다양하고 선명한 색상의 우주 과학책을 보면서 간접적인 지적 상상력만을 키우고 있을 뿐이다. 높은 산 위 천문

대를 찾는다. 투명한 공기 속에 까맣고 맑은 하늘은 나의 마음을 송두리째 사로잡고 만다.

인간의 한계를 초월하려는 그곳 근무자들의 의지를 높이 평가해 주고 싶다. 그들은 외로운 고독과 싸우며 망원경 속의 많은 우주의 신비를 관찰하고, 연구하고, 그 중요한 학술적 자료를 관리하고 있기에 말이다. 그들은 청명한 날의 밤하늘은 별들의 두런거림에 귀가 따가운 것 같다.

별똥별은 이웃이 있을까. 순간의 불꽃 여행은 마치 그것들이 사랑을 속삭이며, 달콤한 연정의 춤을 추는 환상의 우주 쇼를 여기저기에서 연출해 주고 있는 것만 같다. 별똥별의 머리는 날아가는 유도 부분인데 티끌 먼지가 순간 많이 모여 크게 된 반면 가느다란 꼬리는 주변의 티끌 먼지가 중력에 의해서 휩쓸려 따라가는 자연발생적 현상이라고 한다.

별똥별의 유희는 신나는 음악이 있다. 음파에는 위상이라는 성질이 있다. 우주공간의 밀도 흔들림은 위상이 갖추어져 있다고 볼 수 있다. 더 비유적으로 설명하면 우주가 연주하는 음악은 제대로 된 악기들로 연주하는 하모니와 같은 것이라고 한다. 어찌 우리 인간이 그 신비의 음악 소리를 들을 수 있을까만은 밤하늘 우주 상공에서의 별똥별의 빛 여행은 아름다운 색깔로 수놓아진 영혼의 환영 (幻影)인 채, 바로 꿈의 음악을 연주하는 것이 아닐까.

내 사랑 별찌는 이렇게 찬란한 빛의 희망을 인간 모두에게 언제나 변함없이 보여주며 사랑의 노래도 들려주고 있다. 천 분의 일초 단위의 빠른 속력으로 다가와 우두커니 서 있는 나에게 빛의 춤을 선사해 주고 있는 별찌에게 동류의식을 느끼면서 경이와 감탄과 환희에 어리석고 부질없는 내 영혼의 여행은 잠시 멈춘다. 비록 눈 깜짝할 사이 삶을 채우는 작은 모자이크 조각들의 반사 순간이지만 '모든 인류는 지구를 잘 보존하고 사랑했으면 좋겠다.'라고 하는 간절한 소원을 우리 인간들에게 호소라도 한 듯 환한 미소를 보여주고 있다.

광활한 우주와 인간, 밤하늘 별들의 속삭임, 가장 신비하고, 가장 우아하며, 가장 아름다운 별똥별들의 화려한 빛의 춤 잔치. 하늘에 계신 내 아버지와 어머니의 영혼을 만나게 해주는 고마운 내 사랑 별찌여, 더 찬란하고 더 영원하라.

손을 흔들며

사람의 몸에는 자연의 법칙과도 같은 바이오리듬이라는 게 있다. 이것은 일정한 신체적, 감정적 주기—마치 롤러코스터처럼 오르락내리락하는 요동(搖動)—가 있다고 한다.

사람의 일상은 아침에 잠자리에서 일어날 때부터 시작하여 저녁에 잠자리에 듦으로써 하루가 마무리된다. 하루의 시작을 밝고 즐겁게 출발하기 위해서 반갑게 인사하고 때로는 만나는 이에게 손을 흔듦으로써 감정 주기율이라는 생물학적 시계를 작동시킨다고 한다.

흔드는 손의 형태와 이유는 사람마다 다르지만, 그 의미는 만남의 기쁨, 이별의 슬픔, 내면의 눈물 그리고 소리 없는 아우성 등이 깃들어 있다. 손을 흔드는 행위는 의사소통의 한 방법으로 인간만이 표출해내는 더욱 아름다운 표현이다.

그런데 손 흔드는 방법이 나라마다 조금씩 다른 의미가 있다 걸 알게 되었다.

크로아티아에서는 손을 흔드는 걸 이상한 사람으로 여긴다고 한다. 또 전장에서 두 손을 번쩍 드는 것은 항복의 의미이지만 일상에서 손을 흔드는 것은 감정이 내포된 긍정과 부정 차원의 몸동작으로 손을 높이 흔드는 것은 긍정의 의미가 더 있고, 힘없이 낮게 흔드는 것은 부정 혹은 소극적인 의미가 더 있을 것 같다.

기다림을 전제로 한 아름다운 이별은 희망적이기에 흔드는 손은 높고 힘차다. 영원히 헤어지는 법적 혹은 죽음 앞의 이별은 슬픔과 눈물과 회한의 정이 사무치는 가슴 아픈 순간들이기에 다시 생각해 보고 싶지 않은 힘없고, 활기 없는 찌뿌둥한 소리 없는 손 흔듦이다.

손을 흔들며 서울로 떠나간 사람이라는 어떤 유행가의 가사가 뇌리를 스친다. 타향을 향해 어떤 모험이나 목적을 이루기 위한 헤어짐의 손 흔듦 말이다. 이렇듯 사람들은 자신 감정표현의 수단으로 손을 흔드는 것에 익숙해 있으나 상대방의 손 흔듦에는 좀 예민한 것 같다. 아마도 그것은 개인적인 성격 탓이라고 할까.

나는 매일 아침 손녀—지민, 초등학교 1학년—를 데리고 학교에 데려다준다. 독립적인 환경에 접어드는 생의 변환기를 맞은 일들—규칙적인 생활, 오가는 사람, 싱싱 달리는 자동차, 선생님과 친구들과의 두려운 만남—에 적응시키기 위함이다. 이렇듯 배움의 현장은 신기하고, 꿈에 부풀고, 때로는 압박감도 있을 것 같다. 정문에서 혼자 교실로 걸어 들어가는 손녀에게 손을 흔들어 준다. 그리고 교실 앞까지 잘 가는가 지켜본다. 손녀는 연신 뒤를 돌아보며 손을 흔든다. 그때마다 나도 힘차게 손을 높이 흔들어 준다. 손녀가 처음에는 용기가 별로 없는 두려움의 감정표현인 것 같았는데 한 학기가 끝날 무렵부터는 즐겁고 안정된 표정이 엿보였다. 저학년 학부모들이 자녀들을 들여보내면서 사랑 표현이나 손을 흔들면서 서로의 정을 확인하는 것을 함께 보면서 말이다.

이런 현상은 DNA상의 가족이라는 신뢰와 정(情)의 발로일까. 의도적인 제스처일까. 나만의 만족스러운 자위일까. 아니야, 그것은 특별히 손녀를 사랑한 정의 표현이며, 서로 간에 흔드는 손길의 의미도 사랑의 교감이었다.

발걸음을 돌리면서 지나간 추억의 정을 떠올려 본다. 민이가 갓난아이일 때, 심 봉사가 청이를 안고 동네 아낙네들한테 동냥젖을 얻어 먹인 것처럼 이 할아버지도 민이를 승용차에 태워 엄마가 근무한 학교에까지 가서 젖을 얻어 먹인 행복한 보살핌의 기억이 뇌리를 스친다.

감정을 숨김없이 잘 표현하면 몸과 마음이 더 건강해—면역기능 개선, 혈압강하, 스트레스 해소 등—진다는 말이 있듯이 이런 의도적 감정 바이오리듬은 직장에서 자신의 명랑한 이미지, 밝은 분위기, 쾌활한 인간관계를 담보 받을 수 있다. 이런 것들은 가족 혹은 조직이라는 사랑스러운 감정 바이오리듬이 강물처럼 끊임없이 잘 흐르고 있다는 의미이며, 생활에 활력이 생기는 삶의 촉진제가 되고 있다는 증거이기도 하다. 손을 흔드는 것은 희망과 활기 그리고 기쁨과 축복을 주는 미래 우리의 가족적 혹은 사회적 좋은 모델이 될 것이며, 아마도 그것은 삶의 보람과 긍지로서 극도로 행복한 긍정적 느낌의 온갖 감정의 파도가 끊임없이 들이치고 밀려가는 순간들이 될 것이다. 이 얼마나 밝고 명랑한 값진 우리의 정신 문화유산인가.

지금은 벌써 4학년이 된 똑똑하고 깜찍한 애교쟁이 우리 손녀, 환~한 컬러 퀼트로 자신의 예쁜 모습을 개성 있게 표현한 섬세한 미술 재능의 우리 손녀, 할아버지가 가끔 몸이 불편할 땐 킨더 초콜릿을 사주며, 장난감 같은 고사리손으로 할아버지의 등도 주물러주고, 빨리 나으라고 위로도 해주는 착한 우리 손녀. 흰머리가 점점 많아진다는 할아버지의 말을 가로막는 애정 어린 마음을 가진 우리 손녀 민이다.

민이야, 할아버지는 너를 너~무 너무 사랑해.

미소 짓는 호수

　인간과 자연의 조화는 지극히 평범한 현상이지만 그 개념 속에는 심오한 내면의 그림과 문학적 언어가 내재하여 있는 것 같다. 이는 눈에 보이는 현상들을 의인화(擬人化)하여 마치 감정 있는 현실처럼 동화화(童話化)하면 그 세계는 한층 더 순수하고 아름다운 이상향으로 펼쳐질 것이다. 물론 개인의 내면 특성과 삶의 환경을 고려한다면 말이다.

　바위나 나무들을 보고 자연현상 그대로 느끼지 않고 감성적 언어로 대화해 보면 자신의 편안한 육체적 정신적 힐링도 자연히 이루어질 것이다. 그러면서 자신을 생각하게 되고, 미래를 생각하게 되고, 아름다운 추억도 생각할 수 있으니까 말이다.

　인간과 문학, 문학과 자연, 들어만 봐도 너무 가슴이 두근거리는 장르가 아닌가.

　높은 산과 깊은 계곡, 산등성이 위로 빽빽하게 들어찬 크나큰 나무들이 짙은 녹음의 향내를 내뿜고 있다. 그 잎들 사이로 다이아몬드 광채를 하늘로 쏴 올린 반짝이는 풋풋한 희망들이 강렬해 보인다. 주변의 자연을 모두 품은 그 호수는 내 마음의 거울과도 같이 살포시 미소를 짓는다.

어찌 그리도 아름다울꼬!

바다처럼 파도 소리도 내보고 싶고, 강물처럼 굽이굽이 노래하며 흘러보고도 싶건만 전혀 그런 내색을 하지 않는다. 녹음이 우거질 때면 연인들의 사랑 노래가 위안이 되고, 잎이 떨어질 때면 시간의 흐름도 탓해보고 싶건만 쓰러져가는 벤치에 옷깃을 세우고 쓸쓸히 앉아있는 고독한 나그네를 오히려 포근히 위로해 주는 것만 같다.

호수 위를 스쳐 지나가던 실바람이 갑자기 침묵한다. 내 마음에 떠오르는 생각 하나, 저 호수의 깊이는 내 마음보다 더 깊을까? 저 깊은 호수의 바닥이 내 마음을 이해할까?

작은 돌멩이 하나를 던져본다. 첨벙 소리를 내며 깊이깊이 물속으로 가라앉는다. 잔잔한 물결이 퍼져나간다. 수면에 비친 하얀 그림자가 마치 내 마음속의 고민을 안은 듯 어른거린다. 마치 회심의 미소와도 같이 세상만사를 뚫고 헤쳐나가는 것 같이 말이다. 나뭇가지 사이로 내비친 잔물결은 내 얼굴을 어지럽게 흔들어댄다.

복잡한 삶의 물결 위에서 내 마음에 지닌 고뇌를 저 호수에 떨쳐버릴 수는 없을까. 진정 마음의 평화와 행복을 얻기 위해 돌멩이처럼 암흑을 향해 약속하지도 않은 낯선 길을 계속 내려가야 하는가. 아마도 육신의 무거운 짐도 내려놓고, 진지한 사랑의 노래를 부르며, 내 마음의 종착역을 위해 진실한 기도를 한다면 평화와 행복은 반드시 찾아올 것만 같다.

　자연이 있고 잔잔한 호수가 있기에 깜깜한 밤중에 찬연히 빛나는 등대처럼 달콤한 그 메아리들을 마음속에 간직할 수 있을 것이다. 잔잔한 사랑의 미소를 연출해 주는 신묘한 사랑의 호수에서 내 마음의 평안도 찾아질 수 있으니까 말이다.

　옅게 깔린 물안개는 강렬한 태양의 애무(愛撫)에 어디론가 수줍은 듯 숨어버렸다.

　계절이 바뀌어 나무들이 쓸쓸한 모습으로 되돌아갈지라도 호수는 그곳에서 일어난 인간과 자연과의 정을 오랫동안 두고두고 속삭일 것이다. 또 인간의 가슴속에 안고 있는 신비스러운 이야기에 귀를 기울이면서 끊임없이 중얼거리며 미소 지을 것이다.

　호수의 잔잔한 미소가 있기에 그 주위를 감싼 숲에 푹 잠기어 인간 마음의 깊이와 행복해지고 싶은 인간 내면의 긍정적 감정도 표출할 수 있을 것 같고, 수면 위에 비친 내 얼굴의 자화상도 볼 수 있을 것 같다. 또, 자연의 조화가 있기에 서로 대화하고, 노래 부르고, 닫힌 마음도 열어 줄 것 같다.

　돌멩이로 깰 수도 없는 거울이여, 작열하는 태양 볕 아래 눈이 부시도록 반짝이며, 마음의 무거운 짐도 기꺼이 받아주는 반사경이여, 깊은 적막 속의 명상과 감성의 영롱한 파노라마여, 비록 이방인이지만 나에게 미소를 지으며 그 위에 영원한 내 사랑의 나래를 널~게 널게 펴준 아름다운 호수여.

　이제 나는 헤르만 헤세의 시(詩) 한 구절을 읊조리면서 나에게 더 깊은 삶의 의미를 가르쳐준 저 미소 짓는 호수와 작별을 고한다.

"태양아, 내 가슴을 환~히 비추어다오.
바람아, 내 걱정과 근심을 멀~리 날려다오!"

갈대는 바람에 휘날려도

허전한 가을 하늘이다. 스산한 바람에 실려 온 갯내음 향이 물씬 풍긴다. 바스락거리는 소리에 신경을 곤두세운다.

갈대의 하얀 솜털이 하늘하늘 부풀어 오른다. 푸른 하늘을 바라보는 나의 빈 마음도 저 솜털 따라 두둥실 떠오른다. 그리움도 하늘하늘, 헤어짐도 하늘하늘, 바람결에 쓸쓸한 사연을 실어 높고 긴 낭만의 하늘 여행에 하~얀 홀씨를 띄워 보낸다.

종의 번식일까. 사랑의 유희일까. 영혼의 비행일까.

낙동강 강바람에 갈대숲을 지나는 아낙네의 치마폭을 스치는 애틋한 사랑의 노래도, S자형의 뱃길 따라 미끄러져 지나가는 통통선의 뱃머리에 짱뚱어*들의 폴짝거리는 박자에 맞춰 부르는 순천만 친구들의 노래도, 끝없이 펼쳐진 강진 남파랑 길 갈대숲의 하얀 솜털들의 부드러운 속삭임도 다 이 갈대의 소박한 이미지에서 비롯된 것이리라.

바람에 휘날리는 갈대는 농가 지붕 이엉의 재료(30~40년 정도 기능 유지)인가, 튼튼한 울타리의 재료인가. 그 생물학적 수명이 천년이나 된다고 하니 200년 이상을 사는 꾸준함의 지혜와 장수의 상징인 거북보다는 엄청 더 오래 사는 귀하고 쓸모가 많은 풀인가 보다.

'지조' 하면 우선 소나무가 생각나건만 이 갈대도 역시 조선 시대부터 소나무에 못지않은 굳은 의지와 절개를 상징해 오고 있다. 바람에 휘날려도 쉬이 꺾이지 않는 순정 때문인가 보다.

수변식물인 갈대는 성경에도 '플루트라는 악기를 갈대로 만들었다'라는 기록도 있다. 아이들이 잎을 따서 풀피리를 만들어 불곤 하였는데 이것을 초적(草笛) 혹은 초금(草琴)이라고 했다. 비록 나무는 아니지만 줄기를 날카롭게 깎아 칼이나 펜을 만들어 사용했고, 또 이것의 뿌리를 해열 작용이나 이뇨 작용에 쓰인 것을 보면 우리 선조들의 지혜가 한층 덧보인다.

해마다 오월 단옷날 2~3일 전후가 되면 국악기인 대금을 다루는 사람들은 갈대의 투명한 엷은 막을 마치 행사처럼 채취한다. 대금(大笒)의 청공에 붙일 '청(聽)'을 갈대 줄기에서 얻기 위해서다. 울림이 좋고 시원하게 소리가 나는 것이 좋은 악기인 것처럼 바로 이 청(聽)은 대금의 음색을 결정짓는 중요한 재료가 되기 때문이다.

흔히들 사람의 성격이 곧거나 쉬이 꺾지 않는 사람을 '대쪽' 같다 하고 쉽게 변심하는 사람을 '흔들리는 갈대' 같다고 한다. 모든 만물이 곧고 강하다고 반드시 부러지지 말라는 법은 없다. 강한 만큼 쉬이 부러지는 반대급부도 있는 법이니 말이다. 이것은 부정적인 측면의 성격을 미화(美化)한 의미일 것이다.

역사적으로 충신들은 일신의 영달만을 생각하지 않고 오직 임금과 나라만을 위해 목숨을 바친 것은 오늘날 후세들에게 암시하는 바가 크다고 하겠다. 다만 사회적인 의식이나 개인주의 발달 등이 현실을 안타깝게 할 뿐이다.

한낱 연약한 야생풀을 가지고 거창한 지조까지 논한 것은 너무 비약한 감이 없지 않아 있다. 그러나 문학적 혹은 정서적 측면에서 본다면 바닷가나 강가에서 거친 바람이 불어도 꺾이지 않고 흔들릴 뿐 고고하게 쓸쓸한 가을 찬바람의 낭만을 노래한 것을 보면 참으로 아름답고 굳센 야생풀임에 틀림이 없는 것 같다.

스트레스가 범람하는 현대를 살아가는 사람들에게 모진 세파는 떠안고 살아가야 할 과제인지도 모른다. 다양한 사회구조 속에 살다 보면 어찌 순수하기만 하고, 정의롭기만 하고, 정과 사랑만이 넘쳐나고, 믿음과 신뢰만이 있겠는가. 사람들은 저마다의 개성이 있고 삶의 방식이 다르기에 그런 긍정의 이면에는 항상 소극적인 면도 있을 것이다.

원만하고 지혜로운 인간관계는 현대인의 필수생활 자산이므로 모진 바람에 흔들리며, 서로 부대껴도 부러지지 않고, 속삭이는 듯한 간지러운 바스락거림의 노래를 들려주는 갈대처럼 세상을 함께 이해하며 융통성 있게 살아감도 현명한 삶의 자세가 아닐까.

대쪽이나 소나무의 지조도 때에 따라서는 필요하지만 부드럽고 향기로운 포도주 내음이 미네랄의 풍미로 악센트를 심어주는 유연한 갈대처럼, 또 그 하얀 솜털이 들려주는 아름다운 이별의 사랑

이야기에 귀를 기울이면서 구부릴 줄도, 펼 줄도 아는 멋진 삶의
매력을 구가(謳歌)해 보는 것도 좋지 않을까 싶다.

*짱뚱어 : 한국 서남해안의 갯벌에 분포한 망둑엇과의 몸길이 18㎝ 정도의
  바닷물고기. 두 눈이 머리 위에 툭 튀어나왔고, 몸은 푸른색을 띤 남색이며
  흰색의 반점이 있다.

베짱이의 녹색 우산

　늦여름 농촌 들녘은 풍요의 한 마당이다. 고개 숙인 벼는 황금빛으로 물들고 산 밭언저리의 녹색 토란잎은 둥그러움을 뽐내며 베짱이들의 노래에 흥을 돋우어 주고 있다. 작열하는 햇볕 아래 솟아오른 지열은 사람들을 숨쉬기조차 힘들게 한다.

　한바탕 소나기가 지나간다. 윤기 나는 토란잎 위의 물방울은 은쟁반의 옥구슬이 되어 천태만상의 아름다운 형체를 만들어 내고 있다. 우산조차도 변변히 없었던 시절 토란잎을 꺾어 우산대용으로 머리만이라도 비를 맞지 않으려는 어릴 적 아련한 추억이 떠오른다. 어찌 사람이 그 토란잎으로 하늘을 가릴 수 있겠냐마는 베짱이들에게는 하늘을 가리는 최고의 우산이며 편안한 휴식 공간이었을 것이다.

　8월의 태양 아래 후덥지근한 실바람이 토란잎을 스치고 지나간다. 번들거리는 녹색의 둥근 잎들은 서로 얼굴을 비벼대며 깔깔거린다. 아마도 땅속에서 토란 뿌리가 여물어 가는 환호성이리라.

　겨울철 남해바다에서는 해초류인 매생이를 딴다. 싱싱한 굴에 참기름을 넣고 국을 끓이면 해장에 그만이다. 그러나 입자가 너무 가늘고 부드러워 뜨거운 김이 마치 요조숙녀의 부끄러움처럼 밖으로 새어 나오지 못하고 국 속에 감추어져 있기에 조심해서 마셔야 한다. 어느 순박한 농촌 사람이 귀한 분을 초청해 정성을 다해 끓인 매생잇국을 대접했는데 국의 감추어진 비밀을 깜박 잊고 말하지 않았다. 초청받은 손님은 먹음직스럽게 보이는 국을 후루룩 마셨다. 순간 입안과 목구멍이 얼마나 뜨거웠을까. 생 눈물이 핑 돌았을 것이다.

앙갚음은 아니었겠지만 매생잇국에 놀란 사람도 그 사람—매생이, 국을 끓인—을 초대하여 토란국을 대접하게 되었다. 그러나 속이 하얀 토란알맹이는 입자가 너무 미세하고 부드러워서 마치 백옥같이 고운 피부의 처녀의 애교가 그 속에 숨어있는 듯 익힌 열을 알맹이 속에 품고 있어 먹기 전에 조심하라고 일러줘야 하는데 손님 대접하는 데 신경을 쓰느라 역시 초대된 사람에게 그 말을 잊고 말았다. 손님은 먹음직스러운 토란알맹이를 한입에 꽉 깨물었다. 순간 이빨이 얼마나 놀랐을까. 시리고 아픈 뜨거움을 느낀 그 사람도 역시 생 눈물을 찔끔거렸을 것이다.

위의 사례들은 음식을 통한 손님 대접의 정성이 빚어낸 실수라고 할까. 훈훈한 과잉 인심이라고 할까. 그 옛날 배고팠던 시절 우리네 부모님들의 순박했던 손님 접대의 정이 엿보이는 재미있는 이야기였지만 지금은 웰빙(well-being) 식품으로 매생이나 토란이 많은 사람에게 인기를 얻고 있기에 더욱 격세지감을 느낀다.

매생이는 종묘를 튼튼한 줄에 심어 바닷속에서 자란 겨울 바다의 보물로서 그 향과 맛이 일품이다. 또 토란은 땅에서 나는 계란으로 일컬어 맛은 우유 맛이요, 위와 장의 기능을 잘 돕는 천연 보약으로 뿌리 부분에 흙만 잘 돋우어 주면 토실토실하게 영글고, 매끈하게 쭉 뻗은 줄기는 넓고 둥그런 잎을 무성하게 키운다. 하늘을 가려버릴 정도로 무성하게 자란 토란잎을 보면서 '현대판 개미와 베짱이'의 생계형 이솝우화 – 여름철 열심히 일해서 추운 겨울을 대비하는 교훈–가 떠올라 헤픈 미소를 지어본다.

무더운 여름철 개미는 땀을 뻘뻘 흘리며 추운 겨울철을 준비하고 있건만 베짱이는 토란잎 그늘에 두 다리 꼬고 누워 영감이 떠오르는 노래를 열심히 부르고 있다.

다양화된 오늘날의 사회에서 기발한 아이디어를 짜내서 좋은 곡을 만들고 돈을 많이 벌어 추운 겨울에 먹을 것이 없어 쪽박을 들고 초라한 모습으로 개미한테 구걸하는 신세를 지지 않으려는 업그레이드된 생존의 법칙이 유난히 매력 있게 보인다.

쑥대밭 찬가

'쑥쑥 자란다.'라는 말은 식물이나 사람의 키(身長)가 쭉 뽑아 올라 잘 자란다는 의미로 왕성한 번식력을 가지고 무성하게 잘 자라는 죽순이나 쑥 등을 일컫지만 사람들은 주로 쑥을 두고 말한다.

여름철 농촌의 빈 집터나 경작하지 않는 땅에는 예외 없이 쑥이 많이 우거져 있다. 쑥밭은 일반적으로 줄기가 많이 자라기 전의 부드러운 쑥들이 빽빽이 자라면서 군락을 이루고 있는 상태를 말하고, 쑥대밭이란 잎이나 줄기가 크게 자라 혼란스럽게 넘어지고 꺾인 상태로 흔히들 전쟁 중에 폭격을 받아 폐허가 된 것 같은 상태를 비유해서 말하기도 한다.

오늘날 다양화된 사회에서 자본주의 범람이나 극단이기주의 병폐로 인해 인간관계나 사회질서가 쑥대밭이 된다 해도 끈질기고 왕성하게 쑥쑥 자라 보통 사람들에게 맛있는 먹거리를 제공해 주는 쑥의 가치를 그래서 나는 높이 평가하고 좋아한다.

꽁꽁 얼어붙은 땅속에서 봄을 기다리는 가녀린 쑥 뿌리의 애틋함은 아직 찬 기운이 가시기도 전에 벌써 땅을 뚫고 새싹이 고개를 내민다. 사람들은 그것을 뿌리째 캐다가 된장을 듬뿍 풀어 넣은 국물에 넣고 끓이면 청초한 냄새가 온 집안에 은은히 번지는데 그 국을 한 사발 먹고 나면 나른한 봄철에 입맛이 되살아나곤 했다.

웰빙 식품이기도 한 부드러운 쑥에 소다를 넣어 삶은 것을 냉동실에 보관해 놓고 계절과 관계없이 끓여 먹곤 한다. 특히 한겨울 평펑 흰 눈이 쏟아지는, 추억이나 낭만에 젖고 싶을 때 쑥의 향기를 맛보는 것은 또 다른 즐거움이다.

나는 쑥에 대해 유난히 더 애착을 느낀다. 한여름 속을 풀어주는 시원한 조개 국물에 감자 숭숭 썰어 끓인 쑥 칼국수는 우리 민족의 애환까지 담은 자연이 주는 보양식이다. 단군의 건국 설화에도 나오는 의미 있는 식품이 쑥인데 어찌 그 기(氣)가 우리 몸속을 보호해 주지 않겠는가.

한의학에서도 쑥은 맛은 쓰지만, 성질이 따뜻하고 독이 없어 경락을 잘 통하게 해주며, 음기를 보호하고 피부에 윤기와 활력을 주며, 피를 맑게 해주는 등 백 가지 병을 고칠 수 있다고 기록되어 있다. 상처 부위나 코피가 날 때 쑥을 비벼서 환부나 콧구멍에 막으면 곧 지혈이 되었던 우리 조상들의 슬기로운 무공해 민간치료법을 옛날부터 경험해 왔다. 또 숙취나 간이 좋지 않을 때 쑥을 뜯어다가 깨끗이 씻은 후 밤이슬을 맞춰 아침에 즙을 짜서 마시면 비록 쓴 냄새가 코를 찌르지만, 뱃속이 가라앉고 편안해진다. 한증막에서는 인진쑥을 베어다가 사용하고 있다고 한다.

전에는 이사할 때 이삿짐보다 먼저 말린 쑥을 집 네 귀퉁이 기둥

밑에서 태워 잡귀를 물리쳤는데 선조들의 소박한 생활 속의 미신관도 엿볼 수 있는 것처럼 쑥은 예로부터 만사가 탈 없이 잘 되라는 우리 민족의 정서가 담겨 있다.

　자연의 순리대로 자란 쑥을 보면서, 우리 인간들도 떳떳한 윤리관과 올바른 삶의 가치를 가지고 살았으면 얼마나 좋을까 하고 생각해 본다. 위정자들은 선거를 앞두고는 순진한 국민을 등에 업고 주인인 척 대우하지만, 위선과 혼돈의 정치 쇼를 한바탕 벌이고는 국민은 의식을 하는지 안 하는지 TV 화면 속의 쑥대밭이 된 정치판은 민망하다 못해 역겹다. 그것은 인생의 유일한 목적으로 둔갑해 버린 권력이 설사 외적인 파멸은 일으키지 않을 수는 있어도 자신의 내면 파멸은 피해갈 수 없는 속성 때문일까? 아니면 자연과 인간의 우월성에 대한 내면화된 통찰은 삶의 기본적인 기술이기에 이것을 기쁨과 아름다움으로, 온전하게 정화된 마음으로, 감사히 누린다면 틀림없이 행복해질 텐데….

　올봄에도 나는 여전히 쑥을 캐어 쑥국을 끓여 먹고, 삶은 쑥을 냉동실에 쟁여둘 것이다. 녹색의 혁명은 땅속에서부터 시작하여 차디찬 냉동실에까지, 비록 OECD 35개국 중 경제력은 세계 10위지만 청렴 순위는 29위라는 창피한 쑥대밭의 위기는 있을지 몰라도, 위정 마술사(爲政 魔術師)들의 화합과 소통의 정치 질서로 국민에게 안전과 행복을 안겨 주어 살기 좋은 나라로 변모시켜 준다면, 아직은 땅속에 있는 쑥이지만 훈풍에 설레는 은세계 속 국민의 움츠린 가슴들을 포근히 녹여 주리라고 기대해 본다.

희미해진 무당굿 징소리

지금도 도시 외곽이나 농촌에 대문 앞에 기다란 대나무의 꼭대기에 몇 개의 말라버린 줄기만 붙어있거나 혹은 빨강 색과 흰색의 깃발이 나부끼고 있는 것을 볼 수 있다. 그곳이 바로 무당집이다. 회색으로 변해버린 푸른 댓잎의 지조도, 깃발의 외침도 잔잔한 날이면 전혀 흔들림 없이 그 집 안은 고요와 적막만이 감돌고 있다.

적막만이 흐르던 어느 날 무당집에서 징소리가 높낮음의 변화도 없이 은은히 지속적으로 울려 나온다. 아주 낮게, 소리가 크면 민원이 생기니까 말이다. 굿을 하는 중이다.

징소리에 어릴 적 농촌에서 흔히 보던 아련한 추억이 되살아났다. 굿은 모든 과정이 천지인(天地人)에 해당하는 삼신신앙—일반적 출산, 문학적 설명, 종교적 의례가 결합 된 관념—이 내포된 것으로 울긋불긋 화려한 신복(神服)과 구성진 사설(辭說), 흥미와 감동을 일으키는 신화(神話)들이 포함된 우리 민족의 종합예술로서 무당이 중간매개체로 신과 접촉하여 굿을 신청한 사람의 소원을 빌어준다. 또 굿은 질병을 고쳐주고 집안의 터주나 죽은 사람의 혼을 불러들여 위로함으로써 집안의 안녕을 빌고 한해(旱害) 때에는 비를 내리게 해서 농사를 잘 짓게 하려는 소박한 우리 민족의 토속 종교의식이었다. 원색의 천 조각과 방울 달린 푸른 대나무 잔 줄기를 손에 쥔 무당의 진지한 주문이 한참 동안 이어지고 난 후 대나무 줄기가 요란한 소리와 함께 심하게 흔들리면 이제 내린 신과 무당이 하나가 되는 신성의 구체적 표현−강령술(降靈術)로 죽은 사람과 대화−이 굿을 통하여 나타나 사람들이 흔히 말하는 종교적 체험으로 묘사되는 초월적인 힘을 믿으려는 심리적 상태를 가지게 된다.

굿을 함으로써 신들을 에너지의 구현이라는 믿음으로 사람들은 일상의 삶에서 이러한 힘들의 초월성을 존중함이었다. 세상에 태어나 오래 살면서 재물을 많이 가지고 액운 없이 건강하게 살다가 죽으면 영혼이 내세의 좋은 곳으로 가서 영생하게 된다는 믿음, 즉 유한한 존재를 무한의 영원한 존재로 바꾸어 놓으려는 행동 실천의 행위가 굿으로 이어졌다.

그런데 이러한 현상도 세월이 가면서 많이 변천하였다. 질병도 자연 발생적일 때는 종류도 그리 다양하지 않았고 병원체도 그리 악성이지 않았는데, 요즘은 불치병이니 신경성 스트레스니 하는 고약한 병들이 많이 생겼다. 농경시대에는 공해 없는 상태에서 먹고 숨 쉬며 낮에는 들에 나가 일하고 밤에는 피곤함에 지쳐 숙면을 취해온 터라 병에 자주 걸리지 않았다.

예전에는 교육의 기회가 제한되고 현대적 종교−기독교, 불교, 이슬람교 등−도 쉽게 접할 수 없었다. 자연히 마음이 약해져서 신경계통과 정신과적인 병이 왔을 때 사람들은 자연스럽게 무속신앙에 의지하게 되었다. 고전적 의미의 순수 민속신앙은 자연—태양, 동물 혹은 나무 등—을 숭배하는 샤머니즘적 성격이 강했으나 현대적 의미의 종교는 성경이나 불경 혹은 코란에 따른 교리적인 차원에서 인류와 사회정의를 구현하고 내세를 희망하는 현실적인 것이 되었다. 그래서 현대는 사람의 의식이나 사회현상이 복잡하게 변화하고 의학도 첨단으로 발전했기 때문에 굿의 설 자리는 점점 잃어가고 있다. 다른 말로 표현한다면 옛날에는 굿을 통해서 환자와 무당과 무당이 내린 신이 일치되어 공허했던 마음이 위안을 받게 되면 스스로 회복된다는 무속 신앙적 치료 효과가 있었지만, 현대는 과학적이고 체계적인 신빙의 의술을 통해서 치료의 효과를 얻을 수 있다는 점이 차이가 있을 것이다.

장밋빛 21세기를 맞은 지도 20년이 흘렀다. 그러나 여전히 인간의 완벽한 과학적 예측의 한계는 간혹 빗나가 비관적 느낌이 들 때도 있다. 일부 국가들의 자국 발전의 이기주의적인 욕심 차원에서 환경을 통제하지 못한다는 생각과 미래에 대한 불확실성은 그 불안의 두 원천이다. 자연과 세상의 이치를 잘 모르던 수 세기 전에 사람들의 참된 행복이 딸린 문제는 바로 신이었지만 과학의 발달과 종교적 가르침이 있으면서부터 사람들은 신이나 점(漸)에 의존하는 것은 무지몽매한 짓이라고 여겼다. 그러나 오늘의 눈부신 과학의 발전 앞에서 한 치 앞을 내다보지 못 하는 일도 있기에 초자연적 힘(power)인 굿에라도 기대야 하는지 망설여진다.

한적한 골목 안에서 듣는 저 낮은 징소리는 어떤 이의 간절한 염원을 빌어주는 가냘픈 끈이겠지만, 그래도 은은히 들려오는 징소리—믿거나 말거나이지만, 지나친 망상(妄想)에 빠져 그저 코웃음을 자아내는 삼류 만화나 여론몰이를 하려는 망국(亡國)의 예언이 아닌—를 측은하게 들으면서 맥없이 나풀거리는 깃발을 유심히 쳐다본다.

낳은 情 기른 情

인간은 육체적으로나 심리적으로 탯줄을 통해서 너무나 어머니에게 밀착되어있다. 한 사람이 태어나서 의존과 편견, 미숙에서 독립과 지혜와 성숙을 향하는 그 길이 얼마나 외로운 길인지 모른다.

아기는 어머니의 몸속에서 자라면서 젖을 통해서 음식을 먹기 때문에 아버지보다는 어머니와 더 가깝고 특히 딸은 엄마의 감정을 먹고, 엄마와 감정 이야기를 더 많이 나누고, 폭넓은 감정표현을 하면서 성장하기 때문에 어머니와의 관계는 다른 사람들이 따를 수 없는 아주 특별한 끈으로 이어져 미래보다는 언제나 과거에 더 많은 의미를 부여하려 한다. 정신분석학에서는 아기가 태어나서 어머니의 젖을 빠는 한두 살까지는 특히 어머니의 젖가슴의 따뜻함과 젖에 대한 쾌락을 느끼는데 이것은 일종의 넓은 의미의 성적쾌감이라고 본다. 비록 오이디푸스 콤플렉스라고 하는 동성(同性)의 부모를 배척한다는 심리적 갈등상태가 있다고 하더라도 말이다.

요사이 젊은 사람들은 부부가 직장을 나가기 때문에 갓난아이 때부터 주변에서 육아를 대신해 주는 경우가 흔하다. 그래서 어떤 극단적일 때 결혼도 하지 않고, 또 아기를 낳지 않는, 아니 낳지 못하는 심각한 현실—2021년 유엔 인구기구 발표에 의하면 한국의 출산율은 198개국 중 가장 낮다—이 되고 있다.

국가에선 아무리 좋은 정책을 입안해도 손에 잡히는 안정적 출산 정책이나 유아 교육체계는 항상 미비한 점이 많이 대두되고 있는 것 같다. 여기에 젊은 세대들의 자녀 없이 편히 살겠다는 의식변화도 한몫하고 있으니 인구 감소 현상은 모든 국민이 함께 고민해봐야 할 중요한 국가적 문제로 떠올랐다.

나의 큰 외손녀 이소민은 친가(親家)가 서울에서 멀리 떨어져 있기에 가까이 사는 외할아버지 외할머니의 보살핌을 주로 받고 살아왔다. 어린이집은 어린아이 인격 형성 교육의 첫 단계이다. 의식이나 지각 능력이 완전히 형성되지 않은 천진난만한 어린애가 엄마 품을 떠나 단체생활의 환경에 적응하는 일은 그리 쉽지는 않다. 어떤 경험적 사리 판단 없이 부모의 직장과 아이의 독립적 성장환경을 위해서 반드시 거쳐야만 할 과정이었으니까 눈물도, 애잔한 마음도, 독한 의지로 참고 이겨내야만 했다. 세월이 약이라는 말이 있다. 이 말은 누구나 처음은 힘들지만, 세월이 지나면 서서히 적응되어간다는 의미이다. 이것이 바로 인간이라는 사회적 동물의 특성 때문일 것이다.

어린이집 일과가 끝날 때쯤 데리러 간 외할아버지를 보고 환한 흥분된 반가운 얼굴로 달려오는 큰 외손녀 민이는 마치 귀여운 천사와도 같다. 내일은 또 엄마와 떨어지기 싫어서 울 망정 말이다.

한여름 어느 날 민아를 데리고 아파트의 산책로를 걸으면서 엄마 몰래 시원한 아이스크림을 사 먹었다. 엄마한테는 말하지 않기로 다짐하고서. 그런데 민아가 집에 들어서자마자 "아무것도 먹지 않고 왔다."라고 이실직고하는 게 아닌가. 이미 혀에는 색깔의 흔적이 선명히 남아 있어 제 엄마에게 꾸중을 들었다. 이런 게 기르는 할아비의 정의 한계일까. 성장하여 어른이 되었을 때 민아에게는 아름다운 추억이 될 텐데….

빠른 지각 능력과 신체적 성장을 한 아이들이 유치원을 거쳐 초등학교에 간다. 또 다른 교육환경이지만 잘 적응하는 민아가 참으로 대견스럽다. 즐겁게 교문을 들어서며 명쾌하게 흔드는 헤어짐의 손, 방과 후 교문을 나서는 밝은 표정의 미소, 자신이 사랑받음을 느끼는 귀여운 제스처일 것이다. 규칙적인 학교생활에 어린아이로서 완전한 습관이나 학습 방법이 쉬이 몸에 배지 않고 때로는 당황스런 일이 생길 때도 있지만, 그런 성장 과정은 낳은 정이나 기른 정이나 다 같이 함께 이해해 주고, 함께 가르쳐주고, 함께 고민해봐야 할 일이 아닐까.

제 아빠의 해외 근무로 민아가 외국에서 초등교육을 받을 때의 일이다. 어떤 잘못을 하여 제 엄마한테 꾸중을 많이 들은 모양이다. 서울 외할머니한테 가겠다고 울며불며 소동을 피웠다고 한다. 그래서 제 엄마가 민아 외할머니의 정에 대한 미련을 희석시켜 주기 위해 공항까지 데리고 갔다. 그곳에서 외할머니한테 국제전화를 걸어 직접 통화하게 했다.

"너는 엄마 딸이야. 외할머니는 너를 기를 수 없어."

외할머니는 그 낌새를 알고 민아에게 냉정하게 거절했다. 그런 통화를 한 후 민아는 제 생각이 잘못된 것을 알았다고 한다. 여기에는 낳은 정과 기르는 정의 인위적인 현명한 판단이 오고 갔다고 생각되었다.

그렇던 철부지 큰 외손녀 민아가 의젓한 대학생이 되어 외할아버지와 인생 이야기를 나눈다. 수필가이며 사관학교 출신 해군 장교였던 외할아버지를 친구들한테 자랑도 한다니 얼마나 대견하고 흐뭇한 일인지 모른다.

아, 덧없이 흘러가 버린 세월 앞에 어린아이가 성장하는 것만 보고 자신의 늙어감에 대한 세월의 착각은 깨닫지 못하는 어리석음은 무엇으로 보상해야 한단 말인가.

낳은 정의 천륜과 기른 정의 한계는 선명하게 선을 그을 수는 없을 것 같다. 그러나 결과적으로 나의 큰 외손녀는 낳은 정의 엄마한테 자라서 오늘에 이르렀다. 외할아버지인 나는 큰 외손녀를 돌보면서 어떤 대가를 바라는 것은 아니다. 당연한 외할아버지로서 따뜻한 사랑의 발현이고 행복이며, 값진 삶의 현주소가 되고 있으니까 말이다. 나 자신의 삶의 흔적은 확실히 기억할 수 없지만, 사랑하는 우리 민아의 성장 흔적은 고스란히 내 뇌리에 살아 숨 쉬고 있다. 상냥한 미소, 명석한 두뇌, 늠름한 외모, 예쁜 얼굴, 어느 것 하나 탓할 것이 없이 귀하고 소중한 나의 큰 외손녀, 외국 국제학교 현관 입구 벽에 걸린, 학교를 빛낸 자랑스러운 학생–국제 수

학 올림피아드에서 입상-으로의 너의 모습. 이 외할아버지는 이런 자랑스러운 우리 큰 외손녀 민이를 너~무 너무 많~이 사랑하고 있단다.

이것이 바로 세월의 뒤안길에 있는 나의 진정한 행복이 아니고 무엇이겠니.

3

붉은 정열의 함성

너덜바위 연정

깜깜한 밤에 설악산 귀때기청봉의 너덜지대를 통과한다. 앞 사람들의 발소리를 가이드 삼아 조그만 손전지에 의지하여 조심조심한 발자국씩 걷는다. 어이하여 이다지도 많은 바위가 제멋대로 흩어져 있을까. 자연의 질서를 어긴 대가일까. 매서운 바람 때문일까. 귀싸대기를 맞는 것이나 매서운 바람에 귀가 떨어져 나간다는 전설이 사람들에게 웃음을 자아내게 한다.

'너덜'은 영어로 'stony slop'라고 하는데, 화산이 폭발했거나 지각변동이 일어날 때 생긴 걸 의미한다. 여기 설악산의 귀때기청봉 너덜은 오랜 세월 기후변화에 의한 암석의 심층풍화, 또는 화학적 풍화의 산물일 것으로 여겨진다. 이렇듯 신비한 바위들이 1㎢나 산재해 있으니 아마도 이 지대는 하늘의 특별한 축복을 받은 곳인듯하다.

봄이면 꽃이 핀 길이 열리고 연초록의 잎사귀들이 등산하는 사람들의 땀을 식혀준다. 군데군데 서 있는 멋진 고사목으로 보아 역사성도 예측할 수 있고, 잔잔한 호수의 물결과도 같은 달콤한 감정도 불러일으켜 준다. 나는 주로 야간 산행을 하지만 산행 중에 만나게 되는 자연의 조화와 신비함의 극치를 이 정도로밖에 문자로 표현할 수 없는 것이 안타까울 뿐이다.

한바탕 스산한 바람이 스쳐 간다. 바위틈 마른 낙엽들이 바스락거린다. 천연요새에서 잠자고 있는 작은 산짐승들의 깊은 잠을 인간들이 깨우는 건 아닐까. 혹시 놀란 짐승들이 튀어나오지는 않을까 소심스럽다. 자연에 대한 배려는 아무리 해도 지나치지 않다. 그러고 보면 산악인 '매너 황(manner Hwang)'이라는 나의 별명은 결코 과장된 게 아닌 듯싶다.

야간 산행은 낭만과 스릴, 조심과 환희 속에서 이루어진다. 어느새 어스름 새벽 여명에 대청봉이 아련히 그 위용을 드러낸다. 아름다운 추억, 잊지 못할 젊음의 기개, 길은 멀고 험해도 마음만은 그 울퉁불퉁한 너덜지대 위에서 흥분과 만족의 대서사시를 머릿속에 그리고 있다. 사방좌우 희미하게 드러난 빼어난 풍광이 아름답다고 하기보다는 차라리 영혼의 동산이라고 해야 맞을 것 같다. 몸에 밴 땀방울은 피곤보다는 산행의 활력소가 되어 물 한 모금 마시지 않아도 입안의 침은 달콤한 향기를 뿜어내 주는 것 같아 몸은 날아갈 듯 가볍다.

황철봉(黃鐵峰)* 아래서 아침밥을 먹고 북 주 능선의 기를 받아 태곳적 자연과 역사의 숨결을 맛볼 계획인데 이 얼마나 황홀한 기대인가. 수없이 오르고 내리는 공룡능선 정복의 큰 체험에 그저 흥분될 뿐이다. 헐떡거리는 숨을 참는 것도, 무거운 다리를 격려하는 것도, 흐르는 땀을 미용으로 생각하는 것도 다 젊음의 특권이고, 희망이고, 미래 삶의 든든한 보증보험이 아니겠는가.

동이 트고 아침이 밝아왔다. 금강산도 식후경일진대 어찌 너덜 바위의 황홀경에만 빠져 있어야 하겠는가. 배가 고파오는 현실이 더 중요한 문제가 아닌가.

- 선갑아 : 손전지 잊어버리고 지팡이에 의지해서 더듬더듬하다가 너덜 바위틈에 빠져 혼쭐났지? 가이드로서 참 답답한 산행이 되었지. 원숭이도 나무에서 떨어질 때가 있어.

- 선칠아 : 양주 한 잔으로 나의 아침 식사를 대신해 주었으니 참 눈물겹도록 고마웠다. 너는 본래 박식하여 술 한 잔에 인생을 논하고 거대한 공룡 티나노사우스 정복과 날으는 프테라노돈 공룡의 포획 이력을 해학과 위트로 달래주었으니 진정 작은 거인이 아니고 무엇이겠나. 그래도 이른 새벽 깊은 산속에서 고급 양주는 아무나 마실 수 있나.

- 재종아 : 배 많이 고팠지? 생전에 짜증을 모르는 네가 얼마나 배가 고팠으면 화를 냈겠니. 혹시 새벽어둠의 배고픈 너덜바위 정령(精靈)이 너의 산행길에 동행한 것이 아닐까. 하긴, 참는 자가 이기는 자여.

메뚜기도 한철이란 말이 있다. 야간 산행의 묘미도, 무서움에 도전해 보고픈 용기도 덧없는 세월의 나약함에 비례하는 것일까. 아니다. 특별히 인간에게만 부여된 성숙한 관조의 익어감이라고 해야 하겠지. 조용히 눈을 감고 젊은 날의 영광을 한 장 한 장 머릿속에 스케치해 본다.

아, 옛날이여! 짙어져 가는 황혼의 불그스레함과 노스탤지어 손수건으로 멋진 상념의 병풍을 만들어 내 마음속에 오래오래 간직해 보고 싶다. 지금도 전국 명산을 누비고 있지만, 그~때, 광주고 19회 건아들의 펄펄 날린 젊음의 기상(氣像)이 더 그리워진 것 같다.

* 황철봉 : 설악산 북 주 능선에 있는 해발 1,319m 봉우리. 북 주 능선은 대청봉에서 북쪽으로 공룡능선–마등령–황철봉으로 이어진다.

붉은 다리들의 외침

11월 찬바람이 동해 해상에 불어온다. 바닷물의 색깔도 여름의 향수를 느낀 듯 더욱 검푸르고 감상적이다.

붉은 대게잡이 어부는 만선(滿船)의 기대와 희망으로 이른 새벽부터 출항 준비에 바쁘다. 더욱 매서워진 새벽 바다, 부딪치는 파도에 머리가 띵 하고 속은 메슥거리지만, 오직 생계를 위한 목적으로 통통거리며 망망대해를 향해 달려 나간다.

타(舵)를 잡은 선장의 각오는 남다르다. 한 길 인간의 마음을 알 수 없듯 넓고 깊은 바다 밑 상황도 역시 알 수 없다. 얼마나 깊을까. 물이 얼마나 차가울까. 잡고자 하는 대게는 어디에 얼마나 많이 있을까.

조상들의 경험이나 교육이 밑받침되어 오늘에 이르렀지만, 지금은 현대화된 항해 장비나 어군 탐지 장비도 소형 배지만 다 장착되어 목적지까지 항해나 그물 치는데도 과학적 방법이 동원된다.

어두웠던 그 시절에는 백색 등(燈) 하나와 마그네틱 나침판에, 페르시아 왕자처럼 하늘의 별이나 달을 보고 운명을 점(漸)치는 모험의 삶을 살아왔다. 용왕님에게 바다의 잔잔함을 빌었을까. 하나님에게 대게를 많이 잡아달라고 빌었을까. 조상들에게 후손들이 무사해 달라고 빌었을까. 비록 마음속으로이지만 사람들은 자연 앞에 겸손하고, 나약하기에 무엇엔가 의지하고 싶었을 것이다.

울진의 대게는 고려 시대부터 이 지역의 특산물이었다고 한다. 다리 모양이 대나무와 같이 곧다 하여 죽촌(竹村)이라고 불러왔던 대게, 선장은 큰 기대와 각오로 1,000m나 되는 깊은 바다에 통발을 던진다. 그리고는 3~5개의 어장에 쳐놓은 통발을 올리기 위해 5일간의 긴 시간을 험한 파도와 싸우며 참고 견뎌야 한다. 오직 대게가 많이 잡히기만을 기원하면서 말이다.

그들은 여름철 산란기나 탈피기(脫皮期)에는 조업을 금지하는 수자원 보호령을 철저히 준수하는 선진 바다 의식도 갖추고 있다. 희망을 걸고 통발을 올리는 어부들의 마음은 어땠을까. 마치 복권을 열어 보려는 심정과 같을까. 처자식들의 모습이 눈앞에 아른거린다.

아, 갈색의 묵직한 잠수함 같은 '박달게'가 올라온다. 대박이다. 눈이 번쩍 뜨인다. 1천 마리에 한 마리꼴로 잡힌다는 귀한 이 게는 무게도 많이 나갈 뿐만 아니라 가격도 일반 대게보다는 4~5배 비싸다. 그래서 박달게에게는 큰 집게발에 특별히 녹색 띠를 채운다.

어부와 박달게의 무언의 감성 대화가 오간다.

- 어부 : 음~ 이놈 굉장히 크고 참 잘 생겼군. 그래, 잡혀서 반갑구
  나.
- 박달게 : (애원하듯) 어부님, 나 뭍에 올라가기 싫어요. 다시 바
  닷속에 던져주세요.
- 어부 : (흐뭇해하며, 행여 다리가 떨어질까 봐 조심스럽게 만지
  면서 별도 색깔의 띠를 두르면서) 뭐라고, 말도 안 되는 소리 말
  아라. 너는 우리의 희망이며, 힘든 노동에서 얻는 꽃 중의 꽃이
  야.
- 박달게 : 그러면 어부님, 나는 어떻게 되는 거예요.
- 어부 : 그야, 돈 많은 사람들의 입을 즐겁게 해주고, 또 우리의
  삶을 넉넉하게 해준단다. (어부의 말에 박달게는 생을 포기한 듯
  움직이지 않고 조용히 수조(水槽) 밑으로 가라앉는다.)

지금은 지자체에서 현대식 시설을 갖추어 놓고 어부들이 잡아
오는 대게들을 항구에서 경매한다. 전에 대게를 경매했던 항구는
입지 조건의 불리와 자본주의에 밀려 번창했던 향수를 잊은 듯 한
산한 것 같았다.
이른 아침 대게 경매장에 나가 보았다. 말끔히 단장된 넓은 경매
장에 붉은 대게들이 뒤집힌 채, 마릿수에 맞춰 진열된다. 따로 기
어나갈 수 없다. 기다란 붉은 다리들은 하늘을 향해서 허우적거리
고 있었다. 마치도 붉은 대게들이 비폭력 시위를 벌이는 것 같다.
인간을 향해서 외치는 그들의 음성이 귓전을 때리는 것 같다. 무언

의 감성 대화를 경매인에게 보낸다.

  - 붉은 대게 : 아휴! 숨이 차서 죽을 지경이요. 바다가 그립습니다.
    당신들의 거래 목적만을 위해 우리를 이렇게 뒤집어 놓고 거래
    의 함성을 지르지 마시오. 동료들이여, 길고 붉은 다리들을 하늘
    높이 흔들며 외쳐 보자. 생존 투쟁!! 생존 투쟁!!
  - 경매인 : 입찰자들을 향해 외친다. 씨알이 굵고, 살이 통통 찐
    좋은 대게입니다. 마음대로 골라잡으세요. 놓치면 후회합니다.
    자, 골라 보세요.
  - 붉은 대게 : (한참 동안 허공을 휘저으며 강력한 시위를 한 후)
    만약 내 붉은 다리의 통통한 살이 당신들의 입맛을 돋워준다면
    참으로 다행이고, 영광일 것 같습니다. 내가 사람들에게 그렇게
    인기가 많나! (그들의 외침에 아무 반응이 없자, 지친 듯 붉은
    다리들의 흔듦이 점점 둔해진다.)

  약간 단맛에 담백하고, 쫄깃쫄깃한 맛은 맛 중에서 제일이요. 오
감을 만족시켜주는 신(神)이 내려주신 바다의 선물이다. 이 귀한 바
다의 선물을 잡는 어부들의 수고와 생계는 도시는 도시대로, 지방
은 지방대로 사람들이 많이 사 먹어주는 것밖에 없다. 그래서 지역
경제 활성화는 자연스럽게 이루어지는 것이 아닐까.
  요사이는 유통망이 발달하고 상품에 대한 홍보도 잘 되어 있어
서 시공간의 제약이 거의 없다고 본다. 우리의 귀중한 보고(寶庫)—

동해의 깊은 수심과 맑은 물이 넘치는 미지의 바닷속—인 바닷속 깨끗한 환경에서 왕성한 번식을 하는 대게가 어부들의 삶을 풍족하게 해주는 것은 물론 맛을 즐기려는 사람들에게 더 많은 만족감을 주었으면 하고 빌어 본다.

붉은 정열의 함성

　고독과 번뇌를 짊어지고 정처 없이 방황하는 나그네가 인간이라고는 하지만, 나는 그 방황하는 삶 속에서도 자연의 풍성함을 즐기는 자유는 갖고 살고 있다.

　사계절이라는 현시적인 자연의 순리가 있어서 삼라만상의 익어감을 직접 눈으로 느낄 수 있지 않은가. 우리나라의 자연은 그야말로 하늘의 축복이라고 생각한다. 한겨울 모진 추위 끝에 핀 봄꽃의 화사함도, 한여름 녹음의 영광도, 가을의 낙엽이라는 계절의 순리 앞에 아쉬운 이별을 고하면서 나무숲은 빨간 정열의 단풍─색깔이 곱고 아름다운 것은 아마도 스펀지 효과* 때문─을 인간에게 선사한다. 이 어찌 대자연의 큰 선물이 아닐 수 있으며 오묘한 진리가 아니겠는가.

　빨간색은 욕망, 공격성, 행운과 복, 위압감이나 권위 등을 상징하는 색깔로 사람들의 뇌리에 새겨져 있다. 예술적으로 빨강은 모든 장르에서 정열, 붉은 노을 등을 상징하는 데 이 색을 사용하기도 한다.

심리학자들은 빨간색이 인간의 심리에 미치는 영향–감정인식 도구인 무드 메터*를 토대로–에 대해 오랫동안 진화론적 측면에서도 관심을 가져왔다. 올림픽에서도 승리를 쟁취하기 위해 선수들이 빨간 유니폼을 즐겨 입는 것은 상대팀에게 위압감을 주는 심리적 효과가 있어 의도적으로 즐겨 입는다고 한다.

이 외에도 강한 국가 이미지나 강한 부대를 상징하기 위해 국기(國旗)나 부대기(部隊旗)에 빨간색을 많이 사용한다. 어떤 경우에는 특별한 대우를 받기 위해 모든 옷감에 빨간색을 염색하여 사용했다고도 한다. 빨간색에 흥분한다고 알려진 사나운 물소나 투우 소들이 사실은 색맹이라고 하니 아이러니가 아닐 수 없다. 다만 투우사가 들이대는 펄럭이는 망토에 동물적 행동 근성이 나타낼 뿐이라고 한다.

강렬한 햇볕이 내리쬐는 한여름이다. 인간과 자연이 상생하는 녹음이 우거진 숲속을 찾는다. 윤기 자르르한 나뭇잎의 초록의 엽록소는 산을 찾는 사람들에게 맑고 깨끗한 공기를 제공한다. 아낌없이 주는 그것을 우리는 아무리 과하게 마셔도 탈이 나질 않는다. 참으로 고마운 자연의 혜택이다.

여름이 지나면 햇볕의 양도, 빗물에 의한 수분의 양도 줄어든다. 이제 나뭇잎은 변화한다. 이런 계절의 변화는 노랑, 주황, 갈색 등의 아름다운 가을 색들을 띤다. 사람들은 그것을 단풍이라고 부르는데 그중에서도 곱고 맑은 정열의 빨간색이 인간의 색의 감정을 더 자극하고 해마다 가을철이 되면 너나 할 것 없이 이 붉은 단풍의 아름다움을 노래나 시로 찬사를 보낸다. 그 선연한 핏빛의 한스러움도 잠시, 처연한 정취를 아쉬워한 듯 나뭇잎의 엽록소는 차츰 없어지면서 그 생명은 끝이 난다.

그 단풍이 하루에 약 15km씩 남하한다는데 설악산에서 내장산까지는 1개월 정도 소요될까. 이른 봄에 꽃소식이 남쪽에서 서울까지 올라오는 데는 얼마나 소요될까. 아마도 꽃소식의 북상—하루에 30km 정도—은 단풍의 남하 속도보다는 더 빠른 묘한 자연의 신비에 감탄할 뿐이다.

앙상한 가지에 대롱대롱 매달려 소슬한 실바람에 하염없이 흔들거리는 한 장의 마지막 잎새가 쓸쓸한 가을의 이별 노래를 입가에 맴돌게 한다. 나무 사이로 뻥 뚫린 하늘, 땅바닥에 수북이 쌓인 낙엽, 간지러운 감촉에 바스락거리는 낙엽 소리를 들으며 지그시 눈을 감고 사색에 잠겨본다. 그런데 나의 감정은 세월 따라 그 폭이 변하는가 보다. 환한 웃음의 횟수가 점차 줄어들고 있다. 이런 변화는 나 자신에게 얹혀진 삶의 짐으로 신비로운 자연의 순리를 외면한 데 그 원인이 있겠다. 그래도 자연의 변화 속에서 자신의 익어감은 느끼고 있어야 하지 않겠는가.

매년 반복되는 봄꽃보다 더 아름답고 화려한 빨간 가을꽃, 붉은 정열의 향연인 단풍의 조화와 덧정을 보면서 사람들은 그 함성을 더 환한 미소로, 녹음의 향수로, 낭만의 미소로, 희망의 미래로 눈과 마음에 곱게 수를 놓으며 마음껏 즐기고 있다. 이것이 바로 행복이며, 즐거움이며, 진정한 삶의 가치가 아니겠는가.

*스펀지 효과 (sponge effect) : 우리나라의 지형적 특성으로 사계절, 년 중 강수량, 체계적 산림관리 등이 자연적, 인위적 요인이 되어 강수량이 많을 때 빗물이 땅속에 흡수-저장-되었다가 건기(乾氣)에 뿌리가 그 물을 빨아들이는 현상

*무드 메터(mood meter) : 인간이 경험할 수 있는 감정을 나타내는 사분면 표(表)로서 빨강은 열정, 경쟁심, 파랑은 부정(否定), 우울, 노랑은 행복, 쾌적, 초록은 평화, 온화 등을 주로 나타낸다.

붉은 트럼펫 능소화

사랑의 슬픈 기억은 세월 앞에서 점점 희미해지는 법이건만 어떤 이기지 못할 슬픔으로 상사화(相思花)처럼 죽어서 꽃이 되기도 한다.

오뉴월에도 서릿발 맺히는 그런 한(恨)을 품은 사연은 아니더라도 한 여인의 애절한 사랑의 연모는 천 번이고 만 번이고 그녀의 마음을 임에게 전달해보려고 했다. 그러나 결국 이루지 못한 그 사랑의 큰 상처는 뜨거운 눈물이 되어 영혼이라도 보고픈 꽃으로 피어났는데 바로 능소화이다.

능소화 전설과 비슷한 사연으로 여인의 간절한 기다림의 상징물로 제주도의 외돌개와 부산 해파랑길 망부송(亡夫松), 전남 신안길 여인송(女人松)―우뚝 솟은 고독한 바위는 제주의 관광물로, 중후하게 자란 소나무는 어촌마을을 지키는 수호신과 사랑의 표상으로의 역할―이 있다.

여성에게 소중한 명예와 정절을 상징하는 능소화는 도시의 담장이나 도로변에 무수히 많이 피어 오가는 사람들의 시선을 사로잡는다. 한여름 무더위 속에서도 붉은 트럼펫을 불어대듯 능소화로 피어나는 합주 소리가 온 사방에 울려 퍼진다. 임을 기다리고 죽은 외로운 영혼에 위로를 받을 것 같아 참으로 다행이라는 생각이 든다.

얼마나 간절한 사랑의 기다림이었으면 흠모의 입술로 미소를 머금고 고고한 모습을 담 너머 사랑하는 임에게 오래도록 보여주기 위해 벌 나비 유혹도 뿌리친 채, 눈을 멀게 하고 뇌까지 손상하는 강한 독성을 내뿜으며, 땅에 떨어져서도 차마 시들지 못할까. 담 너머 임의 숨결이라도 듣고파 더 높이 친친 감고 기어올라 늘어진 줄기마다에 선명한 다홍색 트럼펫을 불 듯 수많은 꽃을 피워대며 사랑하는 임의 귓전에라도 들리도록 소리치는 그녀의 심사가 참으로 가엾다.

이 아름다운 꽃을 왜 집안의 정원수로 심기를 꺼릴까. 한여름 넝쿨나무가 담장에서 치렁치렁하면 벌레가 들고 습기가 차서일까. 진다홍 트럼펫 능소화가 봄이 아닌 무더운 여름철에 꽃망울을 하염없이 터뜨리는 걸까.

예나 지금이나 인간의 삶 속에는 만남과 헤어짐 그리고 기다림의 애절한 사연들이 많이 있어왔지만 이제는 사랑의 고백 형태도 많이 변했다. 구곡간장 올올이 속만 타는 애틋한 내숭쟁이 사랑─말 못 하고 행주치마 입에 물고 입만 방긋─이 더 낭만적이고 서정적이었던 그 옛날의 사랑정서, 현실적이고 외형적이며 남을 별로 의식하지 않는, 그리고 확실한 사랑 표현을 대담하게 하는 오늘날의 사랑 정서는 어른들의 의견에 복종하는 시대에서 당사자들의 결심을 존중하는 사회 분위기로 변했다. 사랑이나 결혼의 주체는 어디까지나 당사자이니까 이해가 간다. 거기에 붉은 트럼펫 능소화 같은 사랑의 간절함을 더해지면 더 좋겠지.

　사랑하는 사람과 달콤한 행복을 함께 하지 못하고 죽어서야 그 영혼이 꿈을 이루어진다면 무슨 소용이 있겠는가. 청춘 남녀든 부부든 생전에 함께 하면서 믿고 존중하면 사는 게 진정한 사랑의 가치를 이루는 것이 아닐까. 또 젊은 정열로 서로 끌어당김의 힘(law of attraction)*이 있을 때, 멋지고 아름다운 사랑의 낭만도 만들어 가는 게 더 좋지 않을까.

*끌어당김의 힘(law of attraction) : 사람의 생각은 자석과 같아서 타인의 사
　랑이나 존중의 주파수가 내 것과 같으면 서로 끌어당기기 쉽다는 법칙

노란 낭만의 추억

    은행잎의 짙은 녹색 향내는 여름내 사람들에게 코끝을 간질이는 기분 좋은 일상을 열어 준다. 저 자연 창작 예술품인 깜찍한 잎으로 부채를 만들어 부친다면 얼마나 청량한 바람을 일까 엉뚱한 생각을 해 본다.

    방송에서 한때 은행잎이 제약제로 쓰인다고 하여서 몸값을 한껏 올라가기도 했다. 암수 나무가 마주 서 있어야 열매를 맺는다는 애틋한 로맨스의 은행나무, 묵묵히 가로수로 서서 차량의 매연도 싫다 않고 더위에 지친 이들에게 한여름 시원한 그늘과 간식거리까지 제공해 준다. 은행나무의 헌신에 고마운 정을 느낀다.

    맑고 드높은 파란 가을을 배경으로 물든 노란 은행잎의 조화는 아름다움의 극치이다. 그 선명한 조화에 눈이 부시다. 평화롭다. 깊어가는 가을 싸늘한 바람에 우수수 노란 낭만이 거리에 흩날린다.

    노란 색깔은 모든 색깔 중에서도 특히 보색이 조화로우며, 풍요로움과 황금의 부귀영화를 가져다준다. 또, 안전에 대한 환기로 지적 능력을 향상하는 역할을 해주는 노랑은 사회적 경계와 자연적 감성 이미지 색으로 사람들의 기억 속에 깊이 각인되어 바쁜 일상에서도 기분 좋은 평온한 마음을 가까이 있는 가로수 은행잎에서 느껴보고 있으니 얼마나 고마운 일인가. 겨울의 은행나무는 지조를 내보이듯 앙상한 수많은 가지를 하늘을 향해 팔 벌려 힘차게 만세를 외치는 독립투사의 모습이다.

남이섬의 은행나무 길을 걷는다. 노란 부채꼴 눈발이 머리 위에 살며시 내려앉는다. 길 위에 폭신하게 깔린 노란 융단은 밟는 사람들에게 평온함을 내려주는 마법의 축복 같다. 까치 한 쌍이 앙상한 가지를 드러내 은행나무 위를 본체만체 지나 날아가 버린다. 그러고 보니 은행나무 근처에는 다람쥐나 청설모도 보이지 않는다. 은행 열매의 독한 냄새 때문에 열매를 먹을 수가 없어서일까, 아니면 사람들의 노란 감정을 이해하지 못해서 숲속으로 숨어버렸는지도 모를 일이다.

저물어 가는 가을의 낭만을 즐기려고 한적한 홍천의 은행나무숲을 거닌다. 내 노~란 영혼은 깊은 계곡 울창한 은행나무 위로 두둥실 흘러가는 파란 하늘 속에 잠긴다. 여기에서도 다람쥐와 청설모의 모습이 보이지 않는다. 이것들에게는 앙상한 은행나무의 가지들이나 떨어진 은행 열매에는 별 매력이 없는 것 같다. 긴긴 겨울을 나기 위해 오직 도토리나 상수리 등의 열매만을 찾는 데 여념이 없을 것 같다.

늦가을, 거리에는 노란 낭만이 수북이 쌓인다. 사각사각 그 위를 걷는다. 미끄러워 엉덩방아를 찧을 것 같다. 그래도 나는 이 은행잎 덮인 이 길을 걷는 게 기분 좋다. 낭만을 쓸어 모은 미화원 아저씨들한테는 좀 미안하지만 말이다.

최근까지도 은행 열매는 참 귀한 대접을 받았다. 은행나무를 흔들어대고 장대로 두들겨 패면서까지 은행털이(?)하는 사람이 많았다. 그런데 언제부터인지 사람들에게 외면을 당하는 신세로 전락했다. 땅바닥에 수북이 떨어진 도토리나 상수리를 먹지 않은 것처럼 은행의 노~란 유혹에도 역시 이끌리지 않는다. 힘들게 노력하지 않고도 노점상인들에게 쉽게 사 먹을 수 있고, 또 예전처럼 은행알을 좋아하지 않는 것 같다.

한때는 은행나무의 암 묘목의 값이 수 묘목보다 더 비싼 적이 있을 정도로 은행알은 그 효용가치가 높았다. 그런데 가을에 무수히 떨어지는 은행알이 사람들에게 짓밟혀 도로의 흉물이 되고 있는 지금에는 수 묘목이 인기가 있는 모양이다. 심지어 어떤 지자체에서는 은행나무를 퇴출하려는 계획을 검토 중에 있다는 말이 들릴 정도로 그 가치가 바닥을 친다.

사람들에게 가로수로서 봉사만 했던 은행나무들의 처지가 안타깝다. 가을만 되면 수북이 떨어지는 은행잎과 은행알, 심한 악취를 풍기고, 도로와 인도(人道)의 외관을 지저분하게 만들어 민원도 종종 발생한다. 참 세월의 인심도 많이 변했다. 조만간 "은행도 마주 봐야 열매를 맺는다."라는 말도 사라지고, 은행나무가 주는 낭만도 사람들의 뇌리에서 사라지게 될 것 같다.

그러나 우리는 자연이 공존해야 함을 명심해야 할 일이다. 생태계가 위협을 받았을 때 엄청난 재해가 닥치는 걸 지금 우리 인류가 겪고 있지 않던가. 생태계 인위적으로 바꿀 생각만 하지 말고 암수의 비율을 고려하여 좋은 가로수로서 특별관리하고 음식이나 약품 개발도 더 광범위하게 하면 어떨까.

사계절 자연과 더불어 살아야 할 인간들이 환경파괴로 인해 가을 노란 은행잎 뒹구는 거리의 낭만과 겨울 구운 은행알의 맛의 추억까지 빼앗길 것 같아 안타깝고 쓸쓸하다.

오키(okie)들의 꿈

American Dream은 종교박해를 피해 청교도들이 메이플라워 호를 타고 새로운 대륙에 대한 꿈을 안고 대서양을 건너왔다. 그들의 꿈을 이루기 위해 미서부를 광대한 국토를 개척하여 자원을 바탕으로 이루어갔다.

존 스타인 백이 소설 『분노의 포도』에서 1930년대 초반 미국의 대공항 속에서 경제적으로 고통 받고 힘들어하는 일반 미국인들의 모습을 묘사하였다. 1차 대전이 끝나고 미국의 농촌을 배경으로 소수 부자들의 화려함 뒤에 자본이나 기술이 부족한 도시민과 농민들의 암울한 삶으로 좌절과 분노가 그림자처럼 따라다닌다. 마치도 에스메랄다와 같은 집시 생활과도 같은 고초를 피할 수 없었다.

소설에는 오클라호마에서 계속되는 흉작과 가뭄, 감당하지 못한 빚으로 토지를 빼앗긴 소작인들이 젖과 꿀이 흐른다는 꿈의 터전 서부 캘리포니아를 향하면서 온갖 고생과 시련을 극복해 가는 조드 가족 3대를 주인공으로 그렸다. 경찰이나 보안관들이 부르는 '오키(okie)'는 미국 사회에서 경멸 속어로서 도둑 근성이 있고 무식하고 귀찮은 이동 농민이나 노동자를 비하하는 말이다. 이런 유(類)의 말은 어느 나라에서도 은어처럼 비슷하게 쓰이고 있다. 다만 시대나 문화의 정도에 따라서 그 의미의 해석이 조금씩 다를 뿐이다.

풍요의 자연을 동경하고 사랑과 활력이 넘치는 대지의 훈훈한 생활의 꿈은 인간의 원천적 소망인가 보다. 넓고 기름진 대지(大地)가, 먹음직스러운 과일과 채소가, 백설의 포근함을 품은 목화가 그들을 맞이할 것이라는 환상은 장밋빛 기대와 에덴동산의 꿈으로 비추어졌다. 그런데 과일과 꽃이 피는 계곡은 연분홍 향기가 나지 않았다. 맑은 물이 흐르는 시냇물은 정감 넘치는 재잘거리는 소리도 내지 않았다.

배가 고프거나 병이 들어 죽는 사람이 있으면 반대로 살아남은 사람들은 더 강해지는 법이다. 가족이라는 조직은 생계 부양의 조건에 따라서 젊었을 때는 남자 위주의 체계였지만 시대가 흐른 후 섬세하고 어려운 일의 결단과 해결은 여성의 몫이었다는 것을 읽을 수 있다. 흔히들 남자들은 단계별로 인생을 살지만, 여성들의 삶은 세월을 가슴에 품으며 개울처럼, 폭포처럼, 소용돌이처럼, 강처럼 결코 멈추지 않는 하나의 흐름이라고 보인다.

생과 사의 갈림길에서도 규정을 지키는 오키(okie)들의 사고(思考)는 오늘의 미국의 민주주의 꽃을 피운 원동력이 되었다고 볼 수 있다. 66번 고속도로 위 화물자동차에서의 할아버지와 할머니의 죽음을 양심과 법에 따라 처리하는 방식은 보통 상식으로는 좀 이해하기 어려운 점이 있다. 천막촌에서의 노동자들 자신들이 자체 위원회를 구성하고 노동단체를 결성하는 것은 일찍이 선진국의 노동 현장이 되기 위한 좋은 본보기였다. 내 것이 없어도 대체로 구걸하지 않으며, 남의 집 대문에 서성거리면 도둑으로 몰아붙이고, 총을 들이대는 몰인정은 메마른 민주주의의 또 다른 이기심으로도 보인다.

우리의 50~60년대 배고팠던 시절과 비교해 본다. 나누어 줄 것이 없으면 찬물이라도 먹여 보내는 따뜻한 나눔과 베풂의 온정과 비교한다면 차이가 있는 문화의 일면이다. 우리의 젊은이들도 농촌에서 일자리를 찾기 위해 도시로 향했다. 미국처럼 넓은 땅이 아니므로 이동 거리는 짧았다. 가족까지의 이동도 거의 없이 대부분 개인적이었다. 따라서 단체 행동이나 경영자의 비정한 경제적 탄압(경쟁적 임금 후려치기)은 없었다.

소설에서의 오키들의 불안과 초조 속에서의 영근 포도는 그들의 영혼에 분노만을 일으킬 뿐 냉소적이며 분위기 암울하다. 조드 (Joad) 가족의 종교적 믿음을 내면화한 새로운 변신은 주위의 불쌍한 사람들에 대한 사랑으로 승화시킨다. 이 세상에서 가장 아름다운 어머니가 지닌 힘은 근원적인 인간 삶의 뿌리를 지켜내고자 하는 의지의 결정체이다. 의연히 하나의 공동체를 아우르는 어머니의 용기는 딸인 로져샨(Rose sharon)의 내면에서 승화된 모습으로 그려진다. 굶주림에 죽어가는 노인 옆에서 자신은 비록 아기를 사산(死産)했지만, 그녀는 쇠잔한 그 남자 옆에 누워 이불 한쪽을 열고 자신의 젖가슴을 드러낸다.

　이것이 오늘날 일등 국가의 박애주의 정신이 아니겠는가. 산업 자본주의 체제에서 재난에 무기력한 인간의 나약함이 불행이었지만 끈질긴 생명력으로 서로 간의 인격을 존중하며, 개척정신과 준법정신의 공동체 정신을 구현하면서 모든 역경에 맞설 수 있는 것은 오직 인간에 대한 사랑과 용기라고 본다. 그것이 곧 인간 내면의 심미적이고 초월적인 청교도적인 사랑이 아니고 무엇이겠는가. 혼돈 속에서도 법을 지키고, 가족을 지키는 양질의 문화를 꽃피우고, 광활한 면적을 지키면서 초자연적 인간성을 묘사한 점이 더욱 높은 문학적 평가를 받았다고 생각한다.

　밤하늘의 고독한 새벽 별빛은 조드(Joad) 가족에게 꿈과 희망을 비춰주었다. 메마른 사막의 산등성이에 높게 걸친 쌍무지개는 그들에게 밝은 미래를 암시해 주었다. 주렁주렁 영근 포도송이와 백설이 꽃피는 목화를 어루만지는 명지바람은 그들에게 따뜻하고 달콤한 사랑을 심어주었다.

홍어삼합의 진수

"어휴, 더워!"

찌는 듯한 불볕 더위에 숨통이 탁 막혀 버릴 것 같다.

매미 소리조차도 지친 듯 맥없이 가냘프다. 이마에 숭숭 맺힌 땀방울은 텁텁한 막걸리를 생각나게 한다. 톡! 쏘는 홍어삼합, 풍부한 단백질에 지방까지 공급해 주는 일품 향토 음식이 고팠던 향수를 시원하게 달래줄 것 같다. 생각만 해도 침이 꿀꺽 넘어간다.

오늘날 우리의 삶에서 개인과 개인, 개인과 집단 간에 정체성을 표현해 주고 사회문화적 매개 기능까지 해주는 홍어삼합은 지역에 국한된 외식문화와 관광문화의 고정관념을 바꿔주고 있으니 얼마나 매력 있는 식품인가.

지금은 영산강 하굿둑이 뱃길을 막아버려 굽이굽이 세월 실은 영산강의 낭만은 사라졌지만 냉장 설비가 없던 그 시절, 흑산도 근해에서 잡힌 홍어를 만선(滿船)한 통통배는 기쁨을 싣고 노래를 싣고 사랑도 싣고 먼 뱃길을 쉬지 않고 달려 영산강 포구에 닻을 내린다. 그 사이 홍어는 자연 발효되어 독특하고 절묘한 맛을 연출한다.

그 당시 배고픈 시절에도 수컷의 생식기는 타인이 달라고 하면 누구나 공짜로 나누어 주는 푸짐한 인심의 상징이었다. 그래서일까 요사이도 만만하면 '홍어 ×'이라는 유머러스한 농담을 한다. 발효(삭힌)된 홍어는 살이 쫀득쫀득하고 톡 쏘며 코에서 아찔한 냄새를 풍기는데 그것은 질소화합물인 요소와 암모니아 그리고 트라이메틸아민산이 들어있기 때문이다. 그래서 그런 물질은 부패세균의 성장을 억제하고, 보존성을 높이며, 식중독 위험을 방지해 주는 특이한 효능이 있다고 한다. 이 어찌 홍어삼합이 남도(南道)의 유유자적한 선비적 낭만을 품지 않았다고 할 수 있겠는가.

홍어삼합은 알칼리성의 홍어와 산성의 묵은 배추김치, 담백한 돼지고기를 함께 어우른다.

새콤한 묵은김치를 깔고, 그 위에 홍어와 삶은 돼지고기를 얹은 후, 살짝 새우젓을 묻혀 한입 가득히 입 안에 넣고, 오물오물 조금 씹은 뒤 텁텁한 막걸리―홍탁(洪濁)―한 잔을 쭉 들이켜보라. 그 아릿한 혼돈의 맛감각과 포만감이 만들어 낸, 혀와 코와 눈과 오감을 일깨워 흔들어 버리는 환상적인 음식 조화가 세상에 또 있을까. 남도의 혼을 품은 맛의 절정이 아니고 무엇이겠는가.

토속 홍어삼합은 남도의 고유한 음식문화의 꽃이다. 지금은 유통망과 교통의 발달, 음식 정보 및 지역 환경의 공유 등으로 거의 맛의 보편화 시대가 되었지만, 그래도 홍어삼합은 여전히 남도 지방의 향수 음식으로 나름대로 그 이름값을 해오고 있다. 명절, 결혼식장, 장례식장, 가족 행사 등에 문화적 상징의 매체로, 사회적 공동 의식 음식으로 사람들의 마음속에 깊은 뿌리를 내리고 있다. 음식의 전통은 사람들의 의식 속에 끈끈한 정으로, 따뜻한 어머니의 사랑으로, 포근한 고향의 향수(鄕愁)로 남아 있기에 더 귀하고 아름다운 맛의 정서일 것이다. 이 어찌 홍어삼합의 극치를 예찬하지 않을 수 있겠는가.

지금은 전국이 일일생활권으로 지역문화의 소통과 음식문화의 교류도 일상화되었고, 관광과 향토 의식도 보편화가 되었다. 사람들의 맛은 더욱 고급화되고 특성화되었다. 이제는 너희와 우리의 편 가르기는 없다. 우리는 오늘날 같은 공기를 마시고, 같은 물을 마시며, 같은 정서를 가지고, 같은 인심으로 살아가고 있다. 하여 남도(南都), 특히 나주 영산포를 중심으로 한 홍어삼합의 매력도 이제는 많이 대중화되어 사람들에게 선입견 없이 받아들여져 있다.

지금은 구(舊) 영산강 다리 남단에 잘 단장된 홍어 거리―현대식 건물과 넓은 주차 공간―가 생겨 다양한 홍어의 맛을 제대로 느껴볼 수 있다. 그만큼 홍어삼합은 실리적이고 현실적인 음식으로 전국적 혹은 향토적이라는 의미일 것이다.

홍어삼합 맛의 수준 높은 평가와 미래지향적인 지역적 문화 교류 매개체로서, 상호 간 이해와 배려의 매개체로서, 더 나은 삶의 질 향상을 도모하는 매체로서 그 맛의 찬가는 혀끝의 현란함과 함께 전국 방방곡곡(on-line 판매 등)에 널리 널리 울려 퍼질 것이다.

봄꽃들의 합창

어이, 꽃님네들
자신만의 멋스러운 향기 품고 다들 모여 봐!!
맨 앞줄에 노란 유채꽃
둘째 줄에 붉은 살구와 매화
셋째 줄에 뽕뽕 개나리와 연분홍 진달래
넷째 줄에 자주색 라일락과 살구 매화, 그리고…

오늘은 특별히
희디~흰 순결 천사 목련꽃이 지휘봉을 잡을랑께*
비록 떨어지는 꽃잎은 우중충하여
갈색 초콜릿 영혼의 학춤 같지만
길섶에 고개 내민 티눈 같은 앙증스런
꽃들도 끼워달라고 애원하고 있는데
아니야, 너희는 재첩껍질로 짤짤이나 치고 있어

하늘거리는 봄바람에 자르르 윤기 흐르는 동백
연분홍 비로도 꽃잎 속 노~란 꽃술은 누님의 속눈썹
코를 찌르는 듯한 향을 뿜는 길섶 하얀 찔레꽃은
그 추운 겨울 얼마나 떨고 몸이 시렸을까
빠끔히 내미는 연약한 연초록 새잎들의 순정은
윙윙거리는 눈보라를 모질게 참으며 혹독한 시련을
아름다운 봄꽃 꿈의 노래로 승화시켰을까
인간의 정(情)이 그리웠을까
포근한 위로와 찬사를 받고 싶었을까

아련히 머리를 스치는 깨복쟁이* 시절의 풋풋한 생각
나의 살던 고향은 지금도 변함없이 꽃피는 산골
파란들 남쪽 하늘, 냇가의 수양버들 춤추는 동네
탱자나무 가시의 표독스러움도, 빨간 호랑가시열매의 애교도
다 쓰러져간 사립문도, 으스스한 대나무 바람도
귀신이 목덜미를 잡아당기는 것 같아 뒤를 돌아보아도
그래도, 그 속에서 놀던 때가 늘 그리웠었지

팡파르와 함께 눈이 휘둥글, 귀가 번쩍
천상의 휴식처인가, 빛고을 영재들의
힘찬 감격의 일성이 명품일세
경내 봄꽃들의 상큼한 합창 소리인지

풍경(風磬) 소리인지, 달콤한 미소인지
깔깔거리는 소리에 귀가 간지러워 잠깐 걸음을
멈추고 지식이 넘쳐나는 속세의 바다를 내려다본다.
흰 꽃의 멋진 지휘에 남녘의 정을 더욱 짙게 느끼면서…

자연계의 법칙과 인간의 질서가 모여 있는 곳
저 화려한 꽃들이여, 높맑은 하늘이여, 상쾌한 그늘이여
이곳 달마산* 정상에서 자연의 조화로운 매력에 가슴을 쭉 펴고
행복한 엔도르핀을 마음껏 뿜어내게 해다오
천리 길도 마다 않고 한숨에 달려와 함께 핀 우정의 꽃
학행일치(學行一致)의 산실(産室)에서 곱게 자란 그대들
사나이다운 기개(氣槪)로 신의와 용기를 뽐내는 그대들
친구를 사랑하고 정의를 사랑한 그대들
열아홉 순정(純情)의 수줍은 꽃망울처럼
부디 오래도록 건강하고 행복하여라!!

*랑께 : '라니까'의 전라도 방언
*깨복쟁이 : 벌거숭이, 옷을 다 벗은 사람을 뜻하는 전라도 방언
*달마산 : 전남 해남군 송지면에 있는 높이 489m의 암릉(巖陵)으로 솟은 산.
  소백산맥이 두륜산을 지나 마지막으로 일어난 산. 2009년 수려한 자연경관
  을 보존키 위해 명승 제59호로 지정

4

긍정의 힘

새벽을 여는 사람들

"일찍 일어난 새(early bird)가 먹이를 더 많이 찾는다."라는 말이 있다. 이는 차라리 우리 인간을 두고 한 말이 아닐까 싶다. 새들은 거의 자연의 질서에 따라 먹이를 얻을 수 있지만, 사람들은 능동적으로 상대를 만나 먹이를 찾으니까 말이다.

사람의 수면시간은 보통 생리적으로 정해져 있지만, 새들의 수면시간은 알 수 없다. 다만 새들은 해가 지면 자고 동이 트기 전에 눈을 뜨지 않겠는가. 또, 인간은 불이 있기에 깜깜한 밤에도 제한을 받지 않고 활동할 수 있지만, 새들은 자연의 순리에만 따른다. 새들은 날이 밝으면 눈을 뜨면 먹이를 찾고, 구애를 위한 노래를 하고, 소유욕에 혼을 빼앗기지도 않으며 미래를 걱정하거나 불평하지 않는다. 무리를 지어 높은 창공을 마음껏 날아다니니 참 자유를 누리며 구가한다.

인간은 어떤 이유로 잠이 부족할 때도 있지만 생업을 위해서, 혹은 건강을 위해서 일찍 일어나는 경우가 많다. 물론 잠에서 깨어날 때 수면 중의 신체 바이오리듬이 정상화되기까지 약간은 피곤하게 느껴지고 잠자리에서 일어나기도 싫겠지만 사회생활의 시차 적응 습관이 반복되면 신체적으로 전혀 문제가 되지 않을 것이다.

  서울의 새벽은 택시도 열고, 자가용도 열지만, 일반적으로 버스나 지하철의 전동차가 먼저 연다. 5시 전후 버스에는 많은 사람이 타고 있다. 아침을 달리는 그들의 단정한 외모와 초롱초롱한 눈망울은 희망에 차 있다. 시장에서 장사하는 사람들은 손님을 맞기 위해, 학원생들은 좋은 앞자리 좌석에 앉기 위해, 일당 근로자들은 좋은 일자리를 얻기 위해, 건강을 챙기고 싶은 사람들은 맑은 공기를 마시며 상쾌한 운동을 하기 위해 남보다 먼저 버스나 지하철을 타고 산을 오른다. 꼭 다문 입술에는 그날의 목표성취(먹이 찾는 일)에 대한 각오가 역력해 보인다.

  기사나 승객들은 한마음으로 무언의 인사를 한다. 새벽 신호등 불빛이 새벽을 여는 사람 눈빛과 닮아 더욱 선명하다. 건널목 파란 신호등이 깜빡거려도 건너는 사람은 한 사람도 없다. 그래도 운전기사는 차를 세운 채 신호를 기다린다. 교통질서를 잘 지키는 양심적인 자세가 참 아름답다.

  사회의 변화에 따라 사람들의 직종과 형태도 다양해졌다. 돈을 많이 버는 사람을 자세히 들여다보면 그의 피나는 노력과 땀이 있다. 이 세상에 공짜는 없다. 반드시 돈은 그 대가를 요구한다. 반복되는 생활이지만 밤에 이루어진 역사는 새로운 삶의 환경을 만들어 놓는다. 남들이 곤히 잠자고 있는 이른 새벽에 더 많은 먹이를 찾기 위해 졸음을 박차는 그들의 용기는 알찬 미래를 약속받을 수 있는 상표이다. 세상 이치는 부지런한 사람에게 결코 침묵하지 않는 것처럼, 일하는 주변 환경은 같은 시간, 같은 장소이지만 상대는 수시로 변하기 때문에 그들을 위한 마음가짐은 항상 새로워야 할 것이다. 비록 그것이 평범한 일상일지라도—어떤 사람들은 돈을 적게 벌고 편하게 살려고 하는 경향도 있지만—돈을 벌고 목표를 이루는 최고의 방법이고 기회라면 더 빠른 시간에, 더 환한 표정으로 손님을 맞이하고, 공부하고, 운동하고, 일하는 것은 당연한 삶의 순리가 아닐까.

　나는 종종 운동 삼아 새벽에 버스를 타는 경우가 있다. 특히나 동(冬) 계절 이른 새벽이면 사방이 깜깜하다. 아파트 현관문을 열자 스산한 바람이 코끝을 스친다. 가로등도 새벽잠에 졸고 있다. 기울어져 간 달빛에 그림자를 드리운 고양이 한 마리가 내 앞을 지난다. 소름이 끼친다. 임을 찾지 못한 귀뚜라미가 계절을 망각한 듯 처량하게 울고 있다. 물론 그때는 먹이를 찾아 나선 새들도 눈에 보이질 않는다. 신문과 우유를 배달하는 이들이 각 가정의 온 식구가 깊은 잠에 빠져있는 사이에 소리 없이 문 앞에 흔적을 남긴다. 환경미화원들은 상가 밀집 지역의 인도 위에 온통 뒤범벅이 되어있는 홍보물들을 버려진 양심인지 상혼(商魂)인지, 의심하지 않고 말끔히 쓸어 모은다.

　자연은 매일 똑같이 새벽을 열어 주지만 우리 인간은 의지로 그 새벽을 더 일찍 열어 삶의 현장을 밝힌다. 어찌 아름다운 먹이 찾기가 아니겠는가. 누군들 늦잠 자고 싶지 않은 사람이 있겠는가. 그러나 내일의 희망이 있기에 사람들은 오늘도 몸이 무거운 것도 꿋꿋이 참고 견디며 나간다. 너무나 아름다운 보통 사람들의 일상이다. 그들이 바라는 모든 것이 순조롭게 이루어지기를 마음속으로 기원해 본다.

미아리고개

　서울시 성북구 돈암동에서 길음동 쪽으로 넘어가는 600m 가파른 언덕길이 '미아리고개'다. 이 고개는 우리나라 신의주에서 평양 – 서울 – 천안 – 전주 – 목포 간 남과 북을 이어주는 1번 국도상의 중심에 있다.

　지자체에서 이 미아리고개를 Green Road 조성사업 일환으로 계절별 테마가 있는 나무와 꽃을 심어 놓는다. 즉 아름답고 싱그러운 정서가 함양된 문화의 거리가 되었다.

　일제강점기에는 미아동에 공동묘지가 생기면서 사람이 죽으면 상여(喪輿)*에 실어 이 고개를 넘었다고 하니 사랑하는 가족을 잃은 유족들에게는 더없이 슬프고 한스러운 고개였을 것이다. 50년대, 사대문 밖의 사방 외곽 길은 몇 군데 되지 않지만, 그중에서도 미아리고개는 험난한 높은 산과 울창한 숲이 있어 그 주변에 무속인들의 대나무 깃발이 여기저기에 휘날리고 있었다. 다 허물어져 가는 집들도 지금은 새로 짓고, 간판도 패션감 있게 정비하고, 좀 가파르지만 4차선 도로가 아스팔트로 말끔히 포장되어 시원스러운 고개로 변해 있다. 그래도 왠지 이곳을 걸어가노라면 나도 모르게 옛 습관대로 좌우 두리번거려진다. 지금의 미아리고개는 부르기 쉽고 또 낭만적이면서 경쾌한 이미지를 내포하고 있음이 틀림없다.

미아리(彌阿里) 고개의 원이름은 '언덕 위에서 쉬어간다'는 뜻으로 병자호란 때 되놈(胡人)―만주 지방에 살던 여진족을 낮잡아 이르는 말―들이 이 고개를 넘어 쳐들어왔다고 하여 '되너미 고개'라 이름 붙여진 것이고, 고려 말기에는 이곳에 평화로운 마을이 있었다 하여 붙여진 이름이라고도 한다.

6·25전쟁 때에는 인민군들이 이 미아리고개를 넘어와 수많은 애국지사와 유명인사를 쇠사슬로 꼭꼭 묶어 이 고개를 넘어 북으로 납치해 갔다. 해방 이후 어수선한 사회 분위기 속에서 가난하게 살면서도 가족이라는 인연 하나만으로 의지해 왔던 그 시절에 전쟁이라는 또 하나의 생이별의 아픔을 이 고개에서 당해야 했다. 그런 암흑의 시기에 반야월 님이 이 고개에 얽힌 우리 민족의 애끓는 정과 슬픈 사연을 담은 서정시이기도 한 「단장의 미아리고개」를 만들었다고 한다.

미아리 눈물고개 님이 넘던 이별고개
화약 연기 앞을 가려 눈 못 뜨고 헤매일 때
당신은 철삿줄로 두 손 꼭꼭 묶인 채로
뒤돌아보고 또 돌아보고 맨발로 절며 절며

끌려가신 이 고개요 한 많은 미아리고개

아빠를 그리다가 어린 것은 잠이 들고
동지섣달 기나긴 밤 북풍한설 몰아칠 때
당신은 감옥살이 그 얼마나 고생을 하오
십년이 가도 백년이 가도 살아만 돌아오소
울고 넘던 이 고개요 한 많은 미아리고개

단장(斷腸)이란 창자가 끊어질 듯한 마음이 몹시 아프고 슬프다는 뜻으로 어미 원숭이와 새끼를 떼어 놓았을 때 슬픈 모성애의 이별을 참지 못한 어미 원숭이의 창자가 토막토막 끊어졌다는 경우나 꾀꼬리 새끼를 어미와 분리하여 다른 새장에 가두었는데 어미는 먹이를 먹지 않고 머리를 찧어대다가 창자가 모두 녹아 죽었다는 데서 그 예를 찾아볼 수 있다. 이처럼 지금도 우리 주변에는 비애와 슬픔과 통탄의 절규가 있을 때 구곡간장 올올이 찢어지는 뜻이란 비슷한 말을 곧잘 쓰곤 한다.

서울의 고갯길은 강북 쪽에 도봉산, 북한산, 수락산, 불암산 등의 높은 산들이 둘러싸여 있어 그 고갯길마다 구구절절한 사연이 깃든 이름들이 지금도 불리고 있다.

어느 고개인들 슬픈 사연이 없을까마는 이 길고 험한 미아리고개는 이북에서 서울로 들어오는 주요 관문인 까닭에 전쟁의 참상이 이 고개에서 더욱 참혹하고 고통스럽게 전개되었던 것이다. 그래서 이런 우리 민족의 애절함을 노래로 달래기 위해 그 노래가 감정 많은 우리 대중의 가슴속에 깊이 파고들었는지 모른다.

지금은 오이도에서 출발하여 당고개까지 가는 지하철 4호선 선로 위의 전동차는 그저 평평한 선로를 따라 지나가면서 승강장 가까이에 몰려있는 사람들의 안전만을 위해 짧은 경적을 울릴 뿐 과거 전쟁의 상처도 기억하지 못한 채 현재만을 생각하며, 잠시 멈췄다가 미끄러지듯 살짝 지나가 버린다. 위대한 인물은 시대가 만들듯이 민족의 슬픔을 노래한 이 노래도 암울했던 그 시대의 사회적인 분위기가 만들어 낼 수밖에 없었을 것이다. 전쟁과 이별의 슬픈 운명의 그 옛날의 고개가 지금은 낭만의 이름에 걸맞은 환상적인 주거 공간으로 변했다.

나는 다시는 일어나서는 안 될 한 많은 과거를 가끔 떠올려 보며 테너 색소폰으로 「단장의 미아리고개」를 연주하곤 한다. 그때마다 가슴이 찡함을 느낀다.

뻥대* 바위의 자존심, 용아장성

인간은 반자연적인 팍팍한 도시에서의 삶에 지쳐 때로는 자신조차 잃어버리고 자연에 대한 고마움도 망각해 버릴 때가 있다.

그런 자신을 찾기 위해 헉헉대며 산 정상에 올라가 잠시 바위에 걸터앉아 달아오른 뺨을 식히고 지나가는 바람과 눈 앞에 펼쳐진 대자연의 향연에 몸을 맡기는 것 같다. 그 과정을 통해서 사람들을 좋아하게 되고, 타인도 배려하는 마음이 생기며, 소박한 아름다움도 생기는가 보다.

가을은 겨울을 준비하라는 자연의 관용이다. 가을바람은 나뭇잎의 아쉬움을 존중하며 당분간 얌전하게 고집을 꺾고 사물의 진실을 아름답게 승화시킨다. 여름날의 뙤약볕도 가을이 되면서 잊혀진 추억과 함께 소중하고 흠모하는 대상이 되고 세포 확장에 충실했던 숲들도 어느 순간 누가 불을 댕기기라도 한 듯 진홍빛, 노을빛 그리고 노란빛으로 나뭇잎들을 화사하게 물들이고 녹색 엽록소가 사라진 그 자리에서 나뭇잎들은 태곳적 영예를 회상하며 잠시나마 향수에 젖는다.

생명의 발상지로서 숭상했던 설악산의 가을밤은 자줏빛 투구꽃 한 송이에 기사의 기상을 담았다. 숲속 등산로에는 차가운 바람이 남기고 간 바스락거리는 낙엽 소리와 잣까마귀의 재잘거림이 안전한 산행의 안내인 역할을 해주고 있다. 동해의 푸른 물결 위에 우뚝 솟아오른 민족의 정기 머금은 설악산, 등산길 따라 청초한 노란 들국화와 바람꽃은 함초롬히 이슬을 머금고 산행에 지친 등산객들을 반가이 맞아준다. 야생의 꽃 무리에 가슴속에서 그리던 자연 그대로의 절묘한 조화와 강인한 힘은 우리 인간에게 주는 특별한 신의 선물에 감사와 연민의 정을 함께 느낀다. 가파른 바윗길 틈 사이에서 만나는 야생의 열매는 야릇한 설렘을 준다. 푸른색의 거부는 붉은 과육으로 변해 강한 허락의 의도를 내비치듯 탐스럽게 부풀어 올라 달고 맛난 향기를 내주어 등산객들에게 즐거운 만찬의 시간을 선사한다.

구름마저 삼켜버리는 이른 새벽 힘차게 쏟아져 내리는 설악 폭포는 인간의 원죄를 삼켜버리려는 듯한 흰 포말에 삶의 의미와 우주의 신비도 잠시 잊는다. 꼼짝 않던 나뭇잎들도 살랑살랑 화답하는 바람결에 실려 온 솔 향기가 온갖 격정으로 찌든 내 머릿속까지 맑게 비워 준다.

허영심과 끝없이 일어나는 욕심을 버리고자 땀을 흘리며 산행을 하지만 여전히 그것들에 사로잡혀 발버둥만 치고 있는 속물이다. 설악산의 육중하고 장엄함 앞에 나의 욕심들은 한낱 부질없는 헛된 것이 되고 마는가 보다.

"산을 내려와 산을 보면 언제나 그 자리에 있고 산을 오르면 그곳에 산이 없다."라고 에드먼드 힐러리(Edmund Hillery)는 말했다. 산행하다 보면 생각도 담백해지고 삶도 단순해진다. 그리고 만나는 모든 것―사람, 나무, 바위, 물 등―에 대해서도 마음이 열린다. 이른 새벽 대청봉 정상에 도착했을 때 어깨를 맞댄 산과 산들이 구름 사이로 살짝 얼굴을 내민 햇살을 받아 빛나고 산봉우리엔 미처 빠져나가지 못한 안개가 간혹 걸쳐 있다.

이 기막힌 풍경을 어떻게 짧은 소견―글, 그림, 사진 등―으로 표현할 수 있을까. 대자연이 빚어내는 아름다움 앞에서 인간의 언어가 표현해낼 수 있는 단어는 그 깊이가 너무 얕고 가벼워 안타까울 뿐이다.

젊음의 혈기가 팔팔했던 때 나는 단숨에 대청봉 정상에서 용아장성의 기암 괴석군 초입에 속한 봉정암*까지 산행을 했다. 구곡담 계곡을 호위하는 기기묘묘한 기암들은 마치 용이 머리를 하늘로 향해 날면서 무시무시한 흰 이빨을 드러내 놓고 웅장하고 날카롭게 기다란 성(城)을 만들어 하늘을 떠받치고 있는 것 같았다. 아슬아슬한 정상―흰 이빨 끝―에 올라 고개를 돌리면 가까이 가야농 계곡과 멀리 마등령, 저항령, 공룡능선 등의 능선이 선명하지만, 그중에서도 용아장성의 중후한 자태가 명실공히 설악산 능선 중의 능선이라고 감히 느낄 수 있게 했다. 긴 이빨, 굵은 이빨, 뾰쪽한 이빨은 거북머리, 돼지머리, 코끼리머리, 물개, 고슴도치 등의 형상을 하고 맨 마지막에는 사랑니도 있는 듯했다. 이빨의 양쪽 수백 길 깊은 계곡은 자연에 도전하는 인간의 의지를 지켜보고 있는 듯 잇몸이나 이 끝은 천고풍상에 한 곳의 손상도 없이 튼튼하고 아름다움을 뽐내고 있다. 그런데 어떤 이빨 정상에 어느 가신님의 넋을 달래는 조그마한 비석도 세 군데나 있었다.

네 발로 엉금엉금, 손발은 후들후들, 장엄한 바위 협곡의 낭떠러지를 내려다보면 아찔아찔 현기증이 날 때면 두 발로는 몸의 중심을 잡고 지탱하려 신경을 곤두세운다. 두 팔은 젖 먹던 힘까지 내어 암벽 양쪽을 받히고 스파이더맨(spider man)이 되어 암벽에 바싹 밀착시켜 미끄러질까 염려하면서 정신을 집중하는 7시간의 산행이었다. 붉디붉은 단풍의 황홀함도, 짙은 향기 머금은 야생화의 유혹도, 바스락거리는 낙엽의 처연한 사랑노래도, 산양들의 기기묘묘한 비탈 묘기도 모른 채 진정한 인간의 삶의 의미를 새기는 짜릿한 스릴 만을 맛보는 7시간여의 산행을 마쳤다.

"재종아, 인배야, 도연아, 그래도 기어코 종주하려는 사나이 오기(傲氣) 때문에 초긴장하면서 찔끔찔끔 팬티에 실례 많이 했지?"

별로 축하받고 싶지도 않을 만큼의 고된 산행이었다는 동료들의 염려스러운 격려(?)―위험하여 산행 금지구역으로 지정된 코스이기 때문―가 산행 후의 약간의 아쉬움이었다.

객관적인 기준은 없지만 아마도 팔굽혀 펴기 한꺼번에 100회, 쪼그려 뛰기 100회, 철봉 턱걸이 20회 정도―개인적인 판단기준―는 해야만 이런 암벽 등반을 할 자격이 있다고나 할까. 위험하지만 경외감을 느낀 어려운 산행을 하고 나서 나는 자신을 재발견하고

타인을 배려하는 마음의 여유와 열정, 희망으로 인생을 젊게 살아
가겠다고 다짐했다.

테레사 수녀의 사적인 편지에서 드러난 것처럼 아마도 우리는
미래의 위험에 도전해 보고픈 심정으로 젊음이라는 기백을 담보했
는지도 모른다. 열린 마음으로 자연의 소리와 심산유곡의 옥빛 맑
은 물소리와 새소리를 벗 삼아 아무런 상념도 없이 기암절벽과 단
풍 숲속을 출산의 고통으로 기어오르고 내리면서 힘든 산행을 무사
히 마쳤다. 이번의 산행을 통해서 나는 예술적인 삶을 영유하는 값
진 기회였기에 더욱 보람을 느낀다.

*뼝대 : 바위로 이루어진 높고 큰 낭떠러지라는 강원도 지방의 방언
*봉정암 : 설악산에서 가장 높은 곳에 위치한 백담사 부속암자(1,244m)로 오
 대적멸보궁(五大寂滅寶宮)의 하나, 643년(신라 선덕여왕 12년) 당에서 가져온
 부처의 진신사리를 봉안하여 창건
*산행개요
 코스 : 오색→대청봉→소청봉→봉정암→용아장성→수렴동 산장→백담사
 등반거리 및 시간 : 18㎞, 14시간

긍정의 힘

불치병으로 짧은 생존수명을 통보받은 의사의 말에 환자의 반응은 두 사례로 나뉜다.

"음! 그 ○개월은 나에게 참 긴 시간이 되겠네. 그 기간만이라도 열심히 살다 가면 되지. 인생이 뭐 별거 있어. 아니, 뭐! ○개월밖에 못 산다고!"

전자(前者)는 긍정적인 사고로 생활하면서 어떤 제시목표에 대해 인정하고, 후자(後者)는 부정적인 사고―실망과 절망이라는 껍데기 속에 틀어박혀 온종일 원망과 슬픔을 뱉어내는―를 가진 사람들의 생활 자세로 그들의 심리상태는 늘 초조하고 불안한 사람이다.

동일한 환경과 조건에서 긍정적인 사람과 부정적인 사람의 삶의 질은 확연히 달리 나타난다. 어떤 마음가짐을 가지느냐에 따라 행복의 척도도 달라져서 여유로운 삶을 살고, 조급한 삶을 살게 된다는 현주소를 말해주고 있다.

슬픔의 새 떼가 자신의 머리 위로 날아가는 것은 막을 수 없지만, 자신의 머리 위에 둥지를 트는 것은 막을 수 있듯, 우리가 날씨를 마음대로 바꿀 수는 없지만, 날씨에 따라 현명하고 지혜롭게 대처할 수는 있다. 각박한 세태에 우리에게 닥쳐오는 부정적인 요소들이 있더라도 긍정적인 사고와 지혜로 힘을 모아 극복한다면 더 여유롭고 멋진 삶이 되지 않겠는가.

외세의 침략으로 긍정 마인드로 나라를 구한 우리의 위대한 역사적 영웅이 생각난다. 특히 나는 충무공의 후예로, 해군 장교로서 내 젊음을 바다에 바쳤기에 이순신 장군의 '아직도'라는 말씀에 더욱 애착이 간다. "아직도 신(臣)에게는 12척의 함선이 있습니다."라고 임진왜란 때 백의종군(白衣從軍)한 이순신 장군이 선조에게 올린 상서이다. 명량(鳴梁) 해전을 앞두고 120여 척의 일본함대에 맞서 싸우겠다는 충무공의 국가관과 사생관(死生觀)은 초 긍정적인 사고(思考)라고 하지 않을 수 없다. 충무공의 '아직도'란 의미 있는 희생의 한마디가 후세에게 참으로 감동으로 다가온다.

충무공의 긍정과 희생의 애국심은 면면히 이어져서 오늘날 우리 국력의 원동력도 되었다. 나라가 누란(累卵)의 위기에 처했을 때 온 국민이 긍정의 힘을 합친다면 못 헤쳐나갈 일이 어디 있겠는가. 바닷가 모래가 시멘트와 섞여지면 그 단단함이 더 강해지는 것처럼 말이다.

우리 인간의 마음속에는 긍정의 꽃과 부정의 장벽이 동전의 양면처럼 내재되어 있다고 한다. 그래도 늘 긍정적 자화상을 마음속에 스스로 그려놓고 살아야 할 일이다. 긍정의 사고로 나 자신에게 대한 사랑과 용기, 희망, 삶의 성취감 등을 맛볼 수 있으리라. 심리학에서는 이런 현상을 피그말리온 효과(pygmalion effect)*라고 하는데 비록 인간의 뇌는 '부정적 편향성'을 띤다고 하더라도 말이다.

완벽한 사람은 없다. 부정적인 시각과 자존심으로 자칫 인생의 삶이 헛되고 후회스러울 수야 있겠는가. 삶의 풍랑이 때론 거칠게 몰려와 두려움과 공포가 엄습하더라도 언젠가는 잔잔한 물결이 되어 낭만과 아름다운 노래가 흐르는 꿈의 바다가 될 것을 믿기에 우리는 거친 파도를 이겨낼 수 있는 것이다.

"사람은 행복해지고 싶은 만큼 행복하고 불행하고 싶은 만큼 불행하다."는 말이 있다. 삶의 파고를 어떻게 생각하느냐에 따라 행복하기도 하고 불행해지는 것이다. 불확실한 미래에 집착하게 된다면 스트레스가 쌓이고 불안감도 커질 것이다. 우리의 일상에서 안정과 행복을 원한다면 그것은 바로 긍정의 힘 외에는 다른 방법이 없을 것 같다.

하루살이가 짧은 생애지만 생존 번식을 위한 위대한 긍정의 삶을 사는 것처럼 우리도 미소 띤 얼굴을 밝은 미래를 꿈꾸면서 살일이다. 긍정의 자세는 마음 다스림의 근본이며, 정신건강의 치료 명약이다. 우리는 긍정적인 자세로 현재를 살아간다면 세상은 한 번쯤 살아볼 만한 가치가 있지 않겠는가.

우리네 삶은 나 자신이 생각한 대로 흘러가는 법일진대 실제로 긍정적인 사고(思考)를 하는 사람이 부정적인 사람보다 더 많은 행복감을 느끼고, 육신의 건강에도 유익하고, 직장생활과 인간관계에서도 성공적이라고 한다. 생각의 뿌리가 긍정적으로 튼튼히 자라면 인지 습관은 자연스럽게 내재화된다고 한다. 특히 노년기 사람의 생각은 예전—옳다고 생각한 입장만을 고집—방식대로 살려는 경향이 있기에 더욱 긍정의 자세가 필요하다.

미국 심리학회(APA : American Psychological Association)에서 실시한 한 설문조사에서 노화를 긍정적으로 바라본 70대의 사람들은 기억력에 대한 자신감이 향상되고, 부정적인 사람들보다 평균 수명도 7년 반이나 더 길었다고 한다. 이처럼 나이는 들었지만 활기찼던 젊음을 스스로 품위 있게 자위하며, 온화하게 웃는 모습으로, 걷는 자세도 똑바로 개선해 나간다면 체감 나이의 긍정적 변화는 자연스럽게 그 평온함을 느낄 수 있을 것이다.

삶의 긍정적인 면—적응 신드롬(adaptation syndrome)*—은 곧 자신에게 달려있기에 매 순간 긍정적인 마음으로 나쁜 것보다는 좋은 면을 찾고, 아름다운 미래를 꿈꾼다면 지혜롭고 행복한 삶을 누릴 수 있는 필요충분조건이 되지 않겠는가 조심스러운 결론을 내려본다.

*피그말리온 효과 : 그리스 신화에 나오는 주인공의 이름으로 그는 상아로 만든 여자를 조각하여 그 인형과 사랑에 빠져 신에게 긍정적인 소원을 빌었는데 '아프로디테' 신이 그의 소원을 들어주어 그 인형의 입술에 온기가 생겼고, 마침내 자신이 원하는 대로 그녀와 결혼하여 행복하게 잘 살았다는 이야기이다.

*적응 신드롬 : 환경의 변화에 맞추어 응하고, 또 그 변화를 좋아하게 되는 현상

꿈꾸는 대지

광활한 우주 속 태양계의 움직임은 지구상 인간들의 삶을 담보해 준다. 만물의 근원인 대지 위에는 물과 햇볕, 공기가 있어 그 위에서 생물들이 삶을 영위하고 있다. 또 봄 여름 가을 겨울의 사계절(위도상으로 한 계절만 있는 나라도 있지만)이 있어 대자연이 베풀어주는 시혜(施惠)를 누리고 있다.

자연의 순리, 삼라만상이 돌고 돌아 결국은 모두가 티끌로 되돌아가는 게 대자연의 이치이다. 인간의 삶이 유한하듯이 자연도 쉽게 느낄 수는 없지만, 지각변동이라든지 생태계의 변화라든지 환경의 변화 등으로 조금씩 변화해 가는 건 부정할 수 없는 엄연한 사실이다.

이렇듯 우주의 신비로운 조화 속에서 사는 우리 인간은 참으로 큰 축복을 받으며 누구나 꿈을 꾸며 산다.

그런데 꿈은 현재와 과거의 기억을 바탕으로 미래를 예언하기에 그것은 완전한 심리적 현상으로 어떤 것의 소망이나 충족을 위한 욕구라고도 한다. 또 꿈은 깨어있는 현실 생활의 연속이며, 전날의 정열과 체험, 공명심에 불타는 기사도 정신을 발휘하기도 하므로 내성적인 사람은 자신의 감정적 욕망 표현을 연인에게 표출하기도 하고 사랑의 노래도 거침없이 선사하기도 한다.

한겨울 소복이 내린 흰 눈이 온 대지를 덮는 정경은 얼마나 아름다운가. 백의의 천사들이 인간의 추하고 어리석은 것들을 덮어 깨끗이 잠재운 듯 새하얀 대지의 표정이 마치도 아모르 파티(amour fati, 운명을 사랑하라)를 노래하는 것 같다. 운명적인 고독과 청춘의 매력, 뜨거운 열정을 내재한 것 같다. 비록 흰 고요 속에 잠자고 있지만 완성된 미소와 행복, 영원불멸의 순결미가 숨 쉬고 있음을 느끼게 된다.

하얀 대지를 바라보면서 나는 소박하고 천진한 꿈을 꾼다. 애정 어린 사랑의 꽃을 피우기도 한다. 어머니처럼 제자리를 지키면서 묵묵히 자연을 다스리고 새싹으로 영원한 생성을 표현한 하얀 정서는 사랑과 용서, 믿음과 신뢰를 어루만져준다. 하늘 축복의 선물, 하얗게 대지를 바라보노라면 오욕으로 찌든 인간의 마음까지 하얗게 정화되는 느낌이다. 시기와 질투마저도 하얗게 하얗게 승화되는 것 같다.

그 하얀 대지 속에 아롱이다롱이 다양한 꿈을 그리게 된다. 꿈속에 나타나는 마음의 영상에 무심코 몸을 맡겨 보게도 된다. 의미심장한 꿈의 흐름 따라 때로는 노인으로, 소년으로, 시인으로, 수필가로, 음악가가 되기도 한다.

꽁꽁 얼어붙은 하얀 대지 속에서 잠자는 온갖 생물들 – 몸통을 지탱하는 큰 나무뿌리와 가냘픈 조그마한 곤충의 애벌레와 또 그들을 덮어주는 흙 – 은 도란도란 서로 하얀 이야기를 나눈다. 매서운 바람에도 긴장하지 않고 오히려 여유로움을 누리며 따뜻한 정으로 포용한다.

대자연과의 묵언의 대화는 너무나 오묘하고, 포근하고, 희망적이다. 내 마음이 이렇듯 따뜻해지는데 하얀 대지의 느낌이 어찌 차갑겠는가. 우리의 죄악도, 허영에 깃든 과한 욕심도, 무거운 짐을 짊어진 뻐근한 어깨도, 명예에 굶주린 빈 마음까지도 하얀 대지는 다 받아 안는 듯하다. 부드러운 대화로 그들을 격려하고, 용서하고, 포용하라고 한다.

빈손으로 왔다가 빈손으로 가는 것이 우리네 인생사 아닌가. 우리 인간은 티끌처럼 하잘것없는 먼지에 불과하지만, 결국 대자연이 영(靈)의 휴식처를 만들어 주는 돗자리가 아니던가. 사랑을 잊어버린 공허한 삶의 현주소를 아마도 하얀 대지 속에서는 찾을 수 있을 것 같다.

삶의 근본을 마련해 주는 한겨울 하얀 대지의 위대성에 귀를 기울여보라. 인간을 향하여 포근하고 소박한 사랑 이야기를 부르는 백설의 노래를 들어보라. 펄펄 휘날리는 눈을 맞으며 눈 덮인 동화나라 속 세계로 돌아가 백조의 춤을 추어보라.

삶의 하얀 편린들이, 따뜻한 인정의 환영(幻影)들이 우리의 꿈속에 수시로 나타나 아름다운 세상을 만들어 주는 대지의 하얀 미소를 바라보라.

마음의 벽을 허물면

'벽'에는 경계의 의미가 있는 것으로 눈에 보이는 담, 철조망, 선, 울타리 같은 것과 눈에 보이지 않는 관념적인 마음속의 벽이 있다.

그런데 우리의 삶에서 현시적(顯示的)인 벽은 필요에 따라 허물어 버릴 수 있지만, 내면의 벽은 자신의 자유와 행복을 주관적이어서 누구도 이것을 허물 수는 없을 것이다.

인간은 실제로 영적(靈的) 존재로 마법의 투명 벽과 함께 살면서 침묵도 하고, 사고(思考)도 하고, 자신의 인격을 깨닫기도 한다. 개개인의 내면세계이니만큼 그 자신만의 한없는 자유를 누린다. 그곳엔 침묵은 없고 마음의 조용함이 좀체 없는, 끊임없는 지껄임만 들린다고 한다. 이런 마음의 소리에 귀를 빼앗기지 않고 자신을 해방시키기 위해서는 먼저 세상을 받아들이고 자신의 의식을 일깨워 내 마음을 내 통제 아래 두어야 할 필요가 있다.

현대인들이 흔히 앓고 있는 3불 스트레스—불안, 불만, 불쾌—을 해소하기 위해서는 좋은 이미지의 평온한 마음이 필수인데 자유를 얻을 수 있는 건 오직 자신이 주인이기에 가능할 수 있다고 한다.

인간은 누구나 자신의 닫힌 벽이 없이 다양한 가치 영역을 오가면서 정신적인 충만을 누리며 살려고 한다. 이렇듯 허물어져 버린 벽 사이로 벚꽃을 휘날리게 하는 훈훈~한 연분홍 꽃바람이 불어 준다면 얼마나 좋을까.

인간은 스스로를 보호하기 위해 내면적 자기 보호—두려운 감정, 욕망 등—와 대인적 자기 보호—인격, 가치 합리화, 허세적 긍정 등—를 하려는 경향이 있는데 그중에서도 마음속의 벽에 갇힌 근심과 걱정, 불안이 쌓이게 되면 몸도 따라서 아픈 법이라고 한다. 튼튼한 벽이 둘러쳐진 호화로운 별장, 그 속에서 마음의 창문의 빗장을 꽁꽁 걸어 닫고 아늑함을 느끼며, 고독한 낭만을 즐기며 산다고 가정한다면 자유와 행복을 만끽할 수 있을까. 아마도 굳게 닫힌 장벽은 안전지대는 될 수 있겠지만 이웃과의 인간적인 정의 교류는 막혀 질병보다 더 위험한 외로움—심리학적 지각(知覺)된 고립—과 소외감이라는 자기연민에 빠지게 될 것이다. 사람들의 생각과 감정을 가로막고 있는 벽 속의 삼스카라(samskara)*적인 마음은 경계선 너머를 동경하게 되고 그 영혼은 깊은 심연으로 빠져들지도 모른다고 했다.

진정한 자유는 당신의 지적에 있는데 왜 이렇게 자신의 주변을 서둘러 담을 치고 마음 해방의 여정을 꼭꼭 닫아두려고 할까. 꽉 닫혀있는 마음의 문을 여는 것은 자기중심적인 생각을 벗어나는 일이다. 그것을 열기만 하면 새로운 가능성의 세계가 스스로 그 모습을 드러내고 인간관계에서도 남들에게 나의 관대한 태도를 보이면 곧 그들에게서 호감을 얻는 좋은 기회가 되돌아오기 때문에 무한한 행복도 함께 누린 결과가 된다고 한다.

이제 허물어버린 그 벽의 모습을 상상해 보면 시원하게 탁 트인 어떤 그림이 그려지지 않을까!

마음을 굳게 닫아버린 사람이라면 그 얼마나 속이 답답할까. 악기의 소리는 귀로 듣지만, 자신을 아끼고 사랑하는 사람이라면 자신의 가슴속 소리를 듣고 스스로 느낀다고 한다. 순간순간 일어나는 감정이 폭포처럼 쏟아내는 엄청난 소리를 듣고 살고 있다. 그러나 감정 안에 도사리고 있는 벽을 허물어버리면 가슴도 탁 트인 넓은 공간이 되어 마음의 평온을 자연스럽게 찾을 수 있게 되고, 빛을 잃은 내면의 어둠에 한 줄기 치유의 빛과 느끼게 될 것이다. 행여, 높은 성벽 안에 갇혀 소중한 사람들을 경계하며 살기엔 우리 자신이 너무나 아까운 존재들이 아닌가.

마음의 벽은 상대방이 쳐놓은 게 아니라 바로 내가 쌓아놓은 것이기 때문에 이제 우리는 단단히 닫힌 마음의 껍질인 벽을 허물어 깨버리는 용기가 필요할 것 같다. 내가 먼저 마음을 열면 너 따뜻한 정이 흐르고 더 큰 행복이 찾아오듯이 우리 인생 삶에서 현미경도 필요하지만 때로는 멀리 보는 망원경도 필요한 것처럼, 먼 지평에서 빛나는 꿈의 목표를 바라보면서 가슴이 건강한 본연의 인격체로서 외부세계를 바라보는 편안하고 영감(靈感)에 찬 하루하루를 소박하고 단순하게 맞이해 보면 어떨까.

버티기 효과(perseverance effect)*가 황소처럼 비록 힘은 세지만 물리치기는 그렇게 어렵지 않다고 했듯이 우리도 자기도취라는 이념의 은신처이기도 한 마음의 벽을 허물어버리면 진정한 의식의 본향에서 추구하고 싶은 행복의 가치도 달콤하게 맛볼 수 있지 않겠는가.

*삼스카라 : 인도철학의 전통에서 유래된 것으로 이것은 인간의 삶 속에서 생긴 '하나의 걸림' 혹은 '하나의 막힘'을 의미한다.
*버티기 효과 : 자기의 생각-고집-이 무너졌는데도 계속 자신의 무너진 그것만을 고집하는 경향.

원앙새의 사랑 노래

붉은 갈색의 늘어진 댕기, 애교 넘치는 선명한 하얀 눈 테두리, 오렌지 색깔의 부채형 날갯짓, 아무리 봐도 인형처럼 귀엽고 예쁘다. 손에 쥐면 손바닥 안에 꼭 들어올 것 같은 앙증스러운 원앙새는 오리과의 천연기념물이다.

숲속 연못이나 실개천의 물웅덩이에서 쌍을 이루어 서식하는데 발에는 물갈퀴가 있어 헤엄도 잘 치고 폐활량이 얼마나 큰지 물구나무서서 머리를 물속에 오랫동안 처넣고 먹이 찾는 모습은 참 익살스럽다. 가끔 기분이 좋으면 시원한 날갯짓을 하며 꽥꽥거린다. 조용했던 산하가 들썩거린 것 같다.

한번 짝을 이루면 평생을 같이한다고 하여 흔히들 찰떡궁합이라든지 금실 좋은 부부를 원앙이 한 쌍이라고 한다. 특히나 수컷의 중후한 자태는 너무 아름답고 화려하다. 원앙이의 생활무대는 반드시 물이 있어야 한다. 몸 특성—윤기 있는 털, 물갈퀴 등—이 물에 잘 적응하게 되어 있고 먹이도 물속에서 찾기 때문이다. 수컷의 구애는 암컷의 주위에서 힘찬 날갯짓을 하며 사랑의 노래를 크게 외침으로 이루어진다. 암컷은 꾸악꾸악 허스키한 작은 소리로 마음에 드는 수컷에 접근하여 목을 낮게 구부렸다 폈다를 반복한다. 마음이 맞으면 수컷은 암컷의 등에 올라가 납작한 주둥이로 암컷의 머리를 물고-그것도 물 위에서- 사랑의 묘기를 멋지게 펼친다. 넘치는 욕정과 정열을 순식간에 불태우고 내려와 고개를 좌우로 휘저으며, 암컷의 주위를 빙빙 돌면서, 기쁨의 찬가를 힘차게 부른다. 너무나 사랑스런 낭만이고 멋진 부부 해로의 현장이다.

가끔 TV프로에서 원앙이 가족이 둥지를 탈출하여 물가로 가는 위험하고 힘든 역경을 볼 때가 있다. 아파트 9층 높이지만 인간의 원앙이 사랑 배려 덕분에 부화한, 또는 높은 나무 둥지에서 부화한 새끼들은 그들의 조상이 환경에 대한 학습을 익힌 대로 뛰어내린다. 생긴 듯 안 생긴 듯 보이지도 않은 조그만 날개를 쫙 펴고 말이다. 땅바닥에 부딪혀 튕기면서 한 마리도 다치지 않고 고공 스카이 점프(hight sky jump)-이소(離巢)-에 성공한다. 떨어질 지점에서 안전하다는 엄마의 신호를 듣고 무서움도 없이 삶의 첫 난관을 시험하는 것일까. 그리고는 물가를 향해서 힘차게 달려가 몸을 물에 적시고는 안도의 한숨을 들이쉬며 유유히 헤엄을 친다.

자연의 질서 존중과 감동적인 순간 적자생존의 법칙을 보면서 원앙이 가족에게 큰 박수를 보낸다.

예식장이 아닌 신붓집 마당에서 결혼식을 올린 시절이 있었다. 못살던 시절이라고 해야 할까, 결혼문화의 변천 과정이라고 할까, 도시와 농촌의 삶의 환경의 차이라고 할까, 지방마다 혼례문화는 조금씩 다르지만 조각된 수컷 원앙이를 앞가슴에 품은 신랑은 우인(友人)과 함께 신붓집 대문에 들어선다. 우인들과 신부 동네 총각들 간에 품위 있는 쟁취와 방어의 언어 논쟁이 벌어진다. 데리러 간 무리와 안 빼앗기려는 두 무리 간의 고도의 관습적 혹은 학문적 주고받는 대화였기에 굉장히 엄숙하면서도 미소 머금은 연출은 구경하는 사람들에게 흐뭇함을 선사해 주었다. 신붓집 마당에는 혼례상이 차려진다. 신랑은 혼례상을 중심으로 바깥쪽에, 신부는 혼례상을 중심으로 집 안쪽에서 두 여우인(女友人)에게 부축되어 선다. 이 혼례상 맨 앞줄 양쪽에는 나무로 예쁘게 만든 원앙이 암수를 배치한다.

지금은 그런 전통 혼례는 흔하지는 않지만, 간혹 도시에서도 그런 전통 혼례−현대적 감각으로 변형−를 치르는 곳이 있다. 물론 신랑 신부나 혼주들도 전통 한복을 입고 말이다.

원앙이의 모형은 신혼 이불이나 베개에 수를 놓아 새겨 넣는다. 그만큼 원앙이는 사랑의 상징 혹은 행복의 의미가 커서 혼수품에까지 새겨 넣은 것이다. 한 땀 한 땀 수를 놓을 때의 정성을 진정으로 헤아려 본다면 오늘날의 쉬운 헤어짐은 있을 수 없을 것이다. 물론 거기에는 도덕이 결여된 가정교육, 반인륜적인 폭력이나 한계를 넘어선 성 개념, 경제적인 요인 등이 있을 수 있다. 죽어도 그 집 귀신이 되어야 한다는 고정관념은 구태라고 할 수밖에 없지만, 조물주가 정한 인간의 행복조건−태어나고, 결혼하고, 죽는 것−을 너무 쉽게 변경해 버린다면 불행은 결코 없어지지 않을 것이다.

앞으로 우리도 OECD 국가 중에서 차지하는 그 순위가 뒤쪽으로 쭉 내려갔으면 더 좋겠다. 사회의 발전에 따라 의식이 변하면 결혼생활의 환경도 멈춰있을 수만은 없겠지만 원앙이의 사랑노래처럼 사랑의 법칙만은 변함이 없었으면 좋겠다. 귀한 인연으로 맺어진 부부, 상호이해하고 신뢰하는 결혼생활은 우리가 모두 바라는 행복한 삶의 목표가 아닌가. 돈이나 명예만을 꿈꾸는 결혼생활은 원앙이의 사랑 노래의 본의가 아니기 때문에 말이다.

인내력의 한계

인내는 사람에게 있어서 가장 참기 힘든 자제력이면서 동시에 배울 가치도 있는 것이라고들 한다. 이는 이성을 가진 인간에게 해당되는 가치며, 보이지 않는 정신적 극기의 한계점을 어떻게 참느냐는 뜻을 내포하고 있다.

동물의 세계에서도 종종 보게 되는 먹이를 잡으려는 욕심으로 은폐물을 이용하여 살금살금 숨을 죽여 가며 목표에 접근하여 공격 시까지 기다리는 것이나, 물속 먹이를 잡기 위해 아무 움직임 없이 눈앞의 물속만을 계속 주시하는 왜가리의 인내력은 참으로 가상(嘉賞)할만하다.

이런 현상들은 심리적 혹은 생리직 적응을 요구할 때 그것을 이기는 힘이라고 말할 수 있다. 인내는 시간과 침묵 그리고 신뢰가 전제되어야 하기에 오랜 시간이 걸리기도 하고, 기다릴 줄 아는 믿음도 있어야 한다. 다만 인내의 한계는 개개인의 성품에 따라 다르고, 환경과 조건, 이해득실에 따라 변화됐고, 또 조직사회의 인간관계에서 대두되었기에 쉽게 그 정의는 내릴 수 없을 것 같다.

해방 후 배고팠던 시절, 우리의 대가족제도 하에서의 어른들의 권위와 가문의 위상만을 생각한 인격 존중이나 인간관계―며느리와 시어머니 간의 고부 관계, 올케와 시누이 등―에서 빚어지는 모순은 갑을 관계에서 을에게는 한없는 인내력이 요구되었다.

　그런데 배고픔 앞에서 아무리 현자라고 해도 3일을 굶으면 남의 집 담을 넘겨다본다고 했다. 거기다 배움이 없고 사회적인 체계―법, 의료, 복지 등―조차도 미비한 상태라면 생리적 욕구는 생존을 위해 필요로 하는 최소한의 욕구가 되었을 것이다. 사실은 그런 조직 관계가 스트레스로 인한 화병(火病)이었는데 의료혜택에 의존하기에는 여러 가지 환경적―경제적, 지역적― 제약조건이 많아 제대로 대처하지 못하고 그 취약점을 그대로 안고 살아왔다. 바로 암울했던 시절, 한평생을 인내하며, 지친 마음으로 자신의 내면을 드러내지 못하고, 고독과 우울 속에서 살았던 우리 어머니들의 일생이 아니었겠는가.

　배고픔의 악몽에서 벗어난 근대 사회는 조직이나 인간의 의식이 자연과학의 발달과 함께 한층 성숙하였고 삶의 추구하는 목표도 많이 변했다. 젊은 세대와 기성세대 간의 합리적 의견표출 현상이 바로 그것이다. 오늘날 인내력은 권위에 위축되지 않고, 기다림만이 미덕이라는 구태를 버리고, 되도록 그것의 한계치까지 가지 않으려는 자유 분망한 사회의식으로 변했다. 다른 말로 표현하면 삶의 질을 향상하는 방향으로 우리의 생각이나 행동이 변해간다는 의미일진대 아마도 그런 현상은 지구상에서 어느 한 국가만의 현상은 아닐 것이다.

그렇다면 어느 조직사회에서나 그 나라의 고유의 전통문화가 있는데 개인 편의주의 첨예화가 만연된다면 그에 따른 문제점은 없을까. 우리나라에는 예부터 '참는 자가 이기는 자' '벙어리 냉가슴' 등의 속담이 전해 내려오고 있다. 그것들이 인간관계 보편화 혹은 아름다운 사회를 만들기 위한 차원이라면 개인의 신체적, 생리적 자제는 때에 따라서 필요하지 않을까. 그 의미는 자신의 감정을 주체하지 못하고 한계가 없이 자기 말만 옳다고 거침없이 주장만 해버리는 무례함은 타인의 심리적 안정감을 파괴하고 순간 이성까지 마비시켜 버리는—다른 사람들에게 환영받지 못할 독약과 같은 언행— 그런 인내력은 좀 고려(考慮)를 해 보자는 말이다. '순간의 분함을 참으면 백날의 근심을 피할 수 있다'라는 말도 있지 않은가. 복잡한 인간관계에서 한계를 참지 못한 그 사람은 스트레스를 해소했다고 할 수 있겠지만 그 사람의 기분은 후련하고 나아질까? 전통적인 관습(인내력)이 필요한 약자—까다롭고 엄한 어른을 모시는 한 가족의 아랫사람이나 직장의 상관을 모시는 부하직원—라면 아마도 어떤 심각한 신체적 장애(울화병)가 발생할 수도 있을, 결국 자타가 똑같이 피해자가 될 뿐인 이율배반적인 심리적 갈등을 우리 사회가 안고 있다고 보아야 할 것이다.

이런 갈등 현상은 사회적 문제이지 어떤 표면상 드러난 도덕적 혹은 법적 모순이라고는 할 수는 없다. 배고픈 시절 양적인 삶에서 깨어나지 못했던 암울함이 오늘날의 개화되고 세계화된 우리의 삶으로 바뀐 지금 그것의 한계가 창조적이 되고 슬기롭게 풀어갈 수 있는 감정 역량이라고 본다면 참으로 다행한 일이라고 생각된다.

15여 일의 짧은 생애의 영광을 위해서 그 애벌레가 땅속에서 무려 8년이라는 긴 세월을 머무르는 매미처럼, 2년의 유충과 14일간의 성충으로 살면서 반짝이고 구애하는 반딧불이의 짧고 강렬한 시간을 누리는 것처럼, 남아프리카 나미브(Namib)사막의 붉은 모래 속에서 13년을 기다렸다가 발아하여 꽃을 피운 아서스(asus)라는 식물처럼, 지금은 먼 옛날이야기가 되었지만 휴대폰도 없던 나의 연애 시절, 약속 시간이 6시간이나 지났지만, 경주에서 나를 끝까지 기다려주었던 지금의 아내와의 초조하고 애가 탔던 아련한 믿음의 추억담—신임 장교 시절 업무의 마무리가 늦어져 직행버스를 타고 진해→마산 환승 →부산 환승→경주로 달려간 것—처럼 말이다.

이렇듯 꽃보다 아름다운 평화는 곧 생체에너지의 발현인 인내력에 바탕을 두고 있는 것이므로 때로는 인간관계에서도 남의 처지에서 보는 우위의 설득으로 목표를 얻어내겠다는 인내력은 삶의 질을 높이는 현명한 방법이 되지 않겠는가 하고 자위를 해 본다.

도토리 키재기

　사람의 됨됨이를 서로 비교했을 때 비슷비슷함을 두고 일컫는 말을 '도토리 키재기'라고 한다. 이는 인적, 물적 현상을 아울러서 하는 말이기도 하고 또는 정신적, 육체적 현상을 두고도 하는 말이기도 하다.

　인간은 이상향적인 존재라고 전제한다면 키(身長)를 재는 것 자체가 당연히 우스운 일이 될 것이다. 물론 현실적인 문제를 놓고 본다면 거기에 개인적인 환경에 따라 키의 차이가 있을 것이다. 아마도 그것은 정성적인 차원일 것이다. 그렇다면 어떤 면으로 봐야 도토리 키재기라는 말은 일리가 있다고 정의할 수 있을까. 사람들은 자신의 삶을 객관적으로 비교하려는 성향이 때론 있다. 개인의 사회적 위상을 수치나 등급으로 비교하는 것은 자신의 발전을 위해 필요하다. 그러나 자신을 정확히 알려고 하지 않고 오직 맹목적인 객관적 비교만을 생각한다면 좀 무리가 있지 않을까? 인간사회는 다양하고 광범위하다. 그래서 의식이나 삶의 형태 비교도 심중히 해야 하는데 행복의 기준이 내재하여 있기 때문이다. 인간의 관념적인 현상은 교육 정도나 천성적인 특성 차이는 있을지 몰라도 큰 차이는 없다. 다만 현실이 인간의 삶을 지배하기 때문에 이 두 가지 현실에서 희비의 쌍곡선은 항상 존재할 것이다.

도토리 키재기는 개인 간 혹은 국가 간에도 있다. 어떤 질서를 위해서는 반드시 키를 재서 우위를 가려야 한다. 이것은 정량적인 수치 개념이다. 그러나 인간 그 자체로 평가한다면 관념이나 생각은 비교할 수도 없고 눈에 보이지도 않는다. 추상적이기에 수치로 평가할 수도 없다. 어떤 발전을 위해서, 위상을 위해서 인구, 국토, 기술, 부(富) 등을 반드시 정량화해야 할 필요는 있다. 모순이 좀 있기는 하지만 여기에는 아무리 도토리 키재기를 정확히 하더라도 인간성 자체만은 잃지 말아야 한다.

물론 긍정적인 도토리 키재기는 필요하다. 키재기의 대상도 반드시 있어야 한다. 그런데 '내가 너보다 더 나아'라는 마음 자세로 타인과 관계를 맺는다면 그들 사이는 친밀해질 수 없겠고 결국 소원(疏遠)해지고, 그 자신은 더 고독하게 될 것이다. 매사에 키재기나 비교만을 염두에 두는 태도는 결코 바람직하지 않은 것이다.

어느 단체에서의 성장이나 발전, 활동 의욕, 목표성취 등의 측면이라면 키 재는 일은 당연하다. 그러나 이제 나이가 들어 직장 일선에서 물러나고 자신의 사회적 활동 범위도 좁아진 상황에서 키재기를 외친다는 것은 참으로 보기도, 듣기도 민망하고 부질없는 짓이 아닐까 싶다. 영양가도 없고, 그것을 호응해 주는 사람도 없다면 그것은 허공을 향한 싱거운 외침이 되고 말 것이다.

현대가 피알(public relations) 시대라고 하지만 자신의 인격은 반드시 남이 알아주는 것만으로 되는 것은 아니며 키재기의 문제도 아니다. 단지 그것은 물질적인 형체가 없는 정신적인 영역이기에 더더욱 그렇다.

달라이 라마가 쓴 『기쁨의 발견(He book of joy)』에 "한 사람을 만났을 때 우월감을 느끼지 않게 하소서. 마음 깊은 곳에서부터 눈앞의 사람을 좋아할 수 있게 하소서"라는 구절이 나온다. 이 세상 모든 사람의 성격이 천차만별이듯이 삶의 환경도 각양각색이다. 물론 개개인의 의식도 모두가 똑같을 수는 없고 행복 또한 객관적인 기준으로 그 정의를 내릴 수 없다. 인간의 삶의 질에 있어서 물질적으로만 그 의미를 찾으려고 한다면 더 삭막해지고, 더 서글퍼지듯이 허영심에 사로잡힌 맹목적인 비교는 끝없는 욕심을 만들어내고 그 대상과의 격차에서 생기는 정신적인 고통은 행복마저도 빼앗길 것이다.

이제 명성도, 손에 쥔 많고 적은 것도, 모두 숭고하고 위대한 인간성을 향한 노력의 승화로, 더 높은 차원의 의식적, 정신적인 세계관으로 인식해 보면 어떨까. 미래 우리 인간의 삶의 목표도 도토리 키 재기만으로 삼으려 하지 말고, 색안경을 낀 단순한 비교 우위만을 고집하지도 말며, 월계관에 취해 세상이 내 손안에 있는 것 같은 우월주의적인 과대망상의 교만을 극복한 겸손한 자세로 설정해 보면 더 지혜롭지 않을까.

예쁜 지화자(地化子)[＊]

"아름다움은 크게 환영받는 손님이다."

사람에게 있어서 아름다움, 즉 미의 기준을 높여주는 방법의 하나로 화장법을 들 수 있다. 그런데 영혼의 창(窓)인 눈과 성적 매력의 포인트인 입술, 조화를 이룬 이목구비, 상냥한 표정이 원활한 의사소통의 수단이 되기도 한다. 무엇보다 건강미야말로 노화에 관한 관심이 크면 클수록 아름다움의 바로미터(barometer)인 것이다.

미의 기준이 계속 변천해 왔다. 원시시대에는 얼굴에 색을 칠하는 제례 의식에서부터 화장이 시작되었을 것으로 추정되는데 아름다움을 추구한 것보다는 악령으로부터 얼굴을 가리고, 강렬한 태양으로부터 얼굴을 보호하고자 했다고 한다. 오늘날은 화장도 얼굴을 패션화, 보편화되어 각국의 화장품 회사들은 고급화를 지향하고 그 시장을 넓히고 있다.

사람이 젊다는 것은 청춘의 피가 끓으며, 모험에 도전하고, 꿈과 미래를 설계하는 상징인데 특히나 젊은 여성들에게는 자신의 아름다움을 과시하며, 좋은 이미지를 심어주고, 애교적인 노력과 예뻐 보이려는 욕구를 표출하고 싶은 시기라고 보면 될 것이다. 그래서 젊음은 청초한 향기가 뿜어 나오는 신기한 마력을 가진 조물주의 창조물이며, 기분 좋은 행복 바이러스를 여러 사람에게 발산해 주는 행복 전도사라고 했는지도 모른다.

지하철 안에서 다른 이의 시선을 전혀 의식하지 않는 듯 태연히 화장하는 여인을 흔히 보게 된다. 이처럼 화장의 방법이나 장소도 많이 달라졌다. 다소곳이 방안 화장대 앞에서 쪽을 찌고 정성스레 매무새를 가다듬던 옛 여인의 자태는 얼마나 신비롭고 아름다운가. 그런데 사회생활의 변화, 바쁜 일상의 진행 과정에서 부득이 지하철 전동차 안에서 화장해야 하는 경우들이 종종 있다. 그것을 보는 사람들의 이해 폭도 모두가 주관적이기 때문에 보는 사람에 따라서 각기 다를 것이다. 그야, 개인 사정에 따라서 하는 화장인데 구태여 부정적으로 볼 필요는 없을 것 같다. 오히려 젊고 풋풋한 얼굴로 화장하는 여성을 긍정적으로 바라보게도 된다.

그 시대의 문화, 개인의 정체성과 매력 이미지를 표출하려는 게 화장으로 볼 수 있는데 그것은 바로 자신의 삶을 사랑하고 새로운 것을 찾으며, 궁극적인 행복과 진정한 아름다움을 추구하는 특권이 아닐까. 달리는 지하철 안에서 조그마한 손거울을 보며 열심히 그리고 바삐 화장하는 여자의 변신을 보면서 미소를 짓는다.

*지화자(地化子) : 지하철 전동차 안에서 화장하는 여자

5

영혼의 외출

돌고래와의 첫사랑

꺅 꺅! 갈매기 노래만이 고독한 나그네를 위로해 준다. 망망대해 침묵의 뱃머리 저 멀리서 자디잔 파도가 흰 포말을 일으키며 몰려온다.

잔물결에 수면의 물방울이 튀어 오른다. 용왕님이 토끼를 잡아 오라고 보낸 거북 사신이 느릿느릿 헤엄을 치며 나타날까, 날치가 상어 떼의 공격을 피하려고 바다 위 어설픈 비행을 하려는 것일까. 바닷속 먹고 먹히는, 죽느냐 사느냐의 현장이 전개되는 것이 아닐까.

갑자기 바닷물이 소용돌이친다. 정어리 떼가 지나간다. 이어서 시커멓고 번지르르한 한 무리의 돌고래도 지나간다. 작지만 큰 고래처럼 바다 분수가 창공을 향해 솟아오른다. 한참 동안 낭만의 돌고래 떼의 바다 공연이 펼쳐진다. 공중으로 몸을 회전시켜 점프하는 녀석, 연거푸 예닐곱 번을 회전하는 녀석, 공중 다이빙을 하는 등 다양한 공연을 한다. 땅에서는 결코 볼 수 없는 바다에서의 스릴 넘치는 멋진 공연이다. 돌고래의 순간 포착의 행운을 가졌으니 돌고래와 첫사랑의 인연을 맺어 보는 것도 좋을 듯싶다.

돌고래는 수백 혹은 수천 마리가 모여 대가족을 이루는데 암놈은 여러 수놈과 여러 날 수백 번의 애정행각을 벌여서 아비가 누군지도 모르는 이상한 가보(家譜)를 이룬다고 한다. 포유동물로서 새끼는 어미젖을 빨고, 또 감정도 인간과 비슷한 참으로 귀엽고 영리한 수중동물이다.

이런 가족 구성원의 특성으로 모든 수놈이 어린 새끼들을 다 함께 잘 보살핀다고 한다. 사람도 선박의 왕래가 없는 바람 한 점 없는 잔잔한 바다에서 반짝이는 흰 배를 드러낸 어미가 새끼에게 편하게 젖을 먹인다. 새끼의 푸르스름한 눈은 어린아이의 눈처럼 평화롭고 행복해 보인다.

돌고래의 피부 감촉은 고운 여자의 피부보다 훨씬 부드럽고 매끈하다고 한다. 사육된 돌고래들이 폐쇄된 물 공간에서 곡예를 하는 것을 보면 마치 무아지경에 빠져 춤추는 발레리나 같다. 기분이 좋으면 물 위로 매끈한 몸매를 살짝 내보이는 애교 넘치는 사랑의 제스처도 한다. 물 밖으로 내민 유선형의 머리, 휘둥그레 한 눈, 그 머리를 앞뒤로 흔들며 휘파람 비슷한 소리를 내는 것은 아마 인간과 소통한다는 신호일 것이다.

돌고래에게도 나름대로 살아가는 자연법칙이 있다. 물속에서 삐익삐익 소리를 내어 먹이를 쫓고, 지나가는 선박과 오직 선수 방향에서 좌우로 휙휙 왔다 갔다 속력 경쟁(60km 이상)을 벌이는데, 우위를 좋아한다고 한다. 특히 수압을 이겨낼 수 있는 유선형 신체 구조와 수중 저항을 흡수하는 피부는 밀려오는 파도 형태에 맞게 몸을 팽창 수축할 수 있어 바다에서 생활하기에 적합하다고 한다.

동물원의 조련사들이 그의 등에 타면 특별한 도취감을 환상적으로 느끼는가 보다. 마치 움직이는 어뢰(torpedo)를 타는 기분처럼 말이다. 사람과 친숙한 돌고래는 동물원에서 사람들에게 웃음을 선사하는데, 이 생명의 힘은 바로 웃음과 긍정의 힘에서 나온다고 한다. 돌고래들은 마음껏 자신을 내놓고 인간과 자신들을 사랑한다.

바닷속에서 누군가 곤경에 처해 있으면 돌고래가 접근하여 구해 주려고 한다. 사람인지 다른 수중 물체인지 일단은 주둥이로 톡톡 쳐보고 그것을 바닷가로 살살 밀어낸다. 사람에게나 돌고래에게나 그런 경우는 아마도 일생에 첫 번째 기적이고, 첫 번째 사랑일 것이다. 이것이 자연의 법칙일까. 돌고래의 본성일까.

돌고래에게는 물속에서 소리의 되돌아오는 반향음으로 물체의 크기, 거리, 형태를 식별하는 능력이 있다. 해군 전투함정에서 이런 과학적 원리를 이용하여 장비를 개발하고 군사작전에도 쓰이고 있다. 음파탐지기(SONAR : Sound Navigation On & Range)가 바로 그것이다.

아폴론 신전은 돌고래 형상으로 건축되었다고 한다. 그래서 이름도 델포이(Delphoe)라고 했던 걸 보면 그 시대 해양문명의 여왕이 아마도 돌고래(dolphines)의 선조가 아니었을까 싶기도 하다. 인간 가까이에서 삶의 법칙도 가르쳐 주고, 또 그들의 수중 동물적 특성이나 감정을 우리 인간이 공유하고 있으니 돌고래에게 더 따뜻하고, 더 소중한 첫사랑의 애정을 어찌 느끼지 않겠는가.

영혼의 외출

　서울 관악구 남현동에서 관악산 연주대까지 가는 길목 3부 능선 쯤에 마당바위가 있다. 편편한 바위여서 등산객들이 앉아서 쉬어 가기에 맞춤이다. 등산객들은 바위에 잠시 쉬면서 넓게 펼쳐진 도시를 관망하고 가쁜 호흡도 고르면서 폐부의 찌든 때를 속 시원히 날려 보낸다.

　나는 그 바위 인근 인적 없는 조그마한 바위 위에 앉아 조용히 눈을 감고 명상에 잠긴다. 어느새 내 영혼은 살짝 빠져나와 이 과묵한 마당바위의 혼백이 되어 경건한 마음으로 마당바위의 연정을 노래한다. 그리고 사람들의 두런거리는 소리, 활짝 웃는 소리, 애정 어린 소리에 귀를 기울이고, 때로는 두려움을 느끼게 하는 잔뜩 화난 거친 소리에 긴장도 한다. 이제 나는 유체이탈(遺體離脫), 영혼은 텅 빈 마음 상태, 내 삶에서 느끼고 깨달은 무아의 경지 속으로 들어간다. 창공을 자유로이 유영하는 티끌일 뿐, 종달새의 고공 정지비행이나 물총새의 물속 조준 정지비행만을 반복할 따름이다.

　어떻게 하면 무거운 짐을 내려놓을 수 있을까. 어떻게 하면 욕심을 떨쳐 버릴 수 있을까. 어떻게 하면 남을 사랑하고 용서할 수 있을까. 아무리 깊은 상념에 빠져 봐도 그 답은 보이질 않는다.

부족한 것으로 만족하면 마음의 평안이 찾아올까. 눈을 뜨고 사방을 두리번거려 본다. 인간의 체온이 느껴지면서 무슨 말인지 알 수 없는 여럿의 두런거림이 바람에 실려 옴이 느껴진다. 다시 내 마음은 번뇌와 고통 속에 사로잡힌다.

내 영혼의 외출은 짧게, 길게 그리고 더 길게 주변 바위들의 사랑의 제스처를 보면서, 사랑의 속삭임을 들으면서, 마음 비움의 훈련을 반복한다.

사람들은 나이가 들어가면 자신의 한때의 부귀영화를 반추하려는 추억 때문인지 과거로의 여행 때문인지, 하여튼 지난날의 업적에 대해 집착을 많이들 한다. 과거에 사로잡혀 있는 부질없는 마음의 짐을 털어버리는 법을 배우는 것은 현명한 삶의 기술인데도 말이다.

여기저기 솟아 나온 큰 바위, 작은 바위, 납작한 바위, 뾰쪽한 바위의 생김새는 제각각이지만 모두가 사랑스런 연모의 표정을 짓고 있다. 내 영혼은 바위들의 합창에 참여한다. 까~만 연미복을 아주 세련되게 입고 마당바위의 유희를 즐기고 있다. 그들만의 슬픔을 노래한 것인지, 들리는 듯 안 들리는 듯, 영감(靈感) 있는 바람결에 그 소리가 스쳐 지나가면서 나의 빈 마음에 아련히 들려오는 것 같다.

나는 꿈을 꾸고 있는 것인가. 자아는 아무리 두리번거려도 보이질 않는다. 만져보아도 촉감이 느껴지질 않는다. 이것이 육체뿐인 홀가분한 내 정신세계의 이력이란 말인가. 아주 편안한 내 삶의 잔상인 것을, 아슴푸레 뇌리에서 느끼는 내 환영(幻影)인 것을….

자신의 삶에 대한 사랑은 대부분 자아도취 상태를 유지하는데 그런 사람은 표정만으로도 행복이 넘침을 알 수 있다. 특히 이런 현상은 무소불위의 권력을 갖은 사람들에게서 찾아볼 수 있다. 마치 욕망과 권력에 한계가 없는 것처럼 말이다. 이것은 괴로움을 겪기 쉬운 일종의 광기이며 현실을 왜곡할 수 있는 요인이 된다.

아리스토텔레스는 인간 의식과 육체는 하나라고 했다. 어떤 학자들은 육체는 없어도 정신세계는 살아있다고도 했다. 이것은 철학, 심리학, 종교학에 큰 영향을 주고 있다. 사회적 동물인 인간은 문화 능력 차원에서 더불어 생활하고 타인과의 교감을 통해 원만한 대인관계를 갖고자 하므로 이런 경험을 느끼는가 보다.

자신의 인격을 영혼의 완성작용의 가면으로 헛된 장식을 하여 고귀한 자화상으로 승화시키겠다는 냉정한 욕구 때문일까. 만약 인간이 가면을 쓴 위선적이고 가식적인 것을 계속 의식하며, 보기 좋은 허울을 좇아 바쁘게 달려만 간다면 그것은 창살 없는 가면의 지옥에 갇혀 있는 것과 같을 것이다. 자신의 내외부에서 오는 신호들의 오류에 점점 예민해져 결국 내면의 인지부조화를 해결하기 위해 자신의 가치를 과소평가하고 때로는 타인들을 왜곡하는지도 모른다.

자신의 미래는 자신도 아직 확실히 모르지만, 그것은 과거의 경험에서 비롯되기 때문에 우리는 지난날에 혹시 있었던 자신의 실패에 우아하게 대처하면서 자신을 함부로 핍박하지 말았으면 좋겠다.

불가에서 말하는 탐진치(貪瞋癡)는 붓다의 삼독(三毒)으로 욕심부리지 말고, 화내지 말고, 어리석음을 범하지 말라고 했다. 인간의 삶 속에서 돈과 명예는 한때의 목표였지만 너무 과한 욕심으로 금물이라는 부작용을 낳지 않았을까.

영혼의 외출은 자신의 빈 마음을 위해서 하는 깨달음을 주는 연습이다. 이제 덧없이 흘러버린 세월의 뒤안길은 왠지 허전한 것만 같고, 보이지도 않는 그 무거운 짐은 무언가 짓누르고 있는 느낌만을 드는 것 같다. 그래서 빈 마음을 위한 자아 연습을 위해, 앞만 보고 달려오는 동안 역시 멀리 뒤처진 내 영혼을 위해, 이제는 내 육신을 따라잡아 수시로 외출하며 마당바위의 유희를 즐기고 있는지도 모른다.

삶을 사랑하면서도 죽음에 대한 준비와 사랑도 잊지 않고 있다. 때로는 기쁨, 슬픔 등의 정서 심리도 느끼고 있다. 나는 마당바위의 연정을 느끼며 값비싼 정신은 씨도 튼튼히 여문다는 말처럼 명상하고, 무거운 짐에 대한 고통도 승화시키면서 욕망이라는 본능과 분출의 억제, 삶의 리스크(risk)관리를 위해 그리고 편안하고 행복한 삶을 위해 스스로 몸과 마음이 일치되는 노력을 게을리하지 않으려고 한다.

허수아비의 꿈

맑은 향기 품은 황금물결이 큰 파도 되어 몰려온다. 넓디넓은 풍요의 들녘에는 인간과 자연의 조화로운 함성이 울려 퍼진다. 참새 떼들의 즐거운 짹짹거림이며, 하얀 허수아비의 험상궂은 얼굴이며, 신경질적으로 딸랑거리는 빈 깡통 소리가 귓전을 아련히 때려준다.

- 주인 : 야, 허수아비, 저기 몰려다니는 참새 떼들 보이지? 무서운 인상으로 흰 천 깃을 나풀거리며 그것들을 멀리 쫓아버려야 돼.
- 허수아비 : (걱정스런 표정으로) 그런데 주인님, 바람이 불지 않는데요.
- 주인 : 너의 멋진 모자, 부리부리한 무서운 눈빛, 오금 저리는 카리스마 수염이 있지 않니? 아, 저기 하늘에 시키면 구름이 몰려오는구나. 비바람이 몰아치면 방탄소년단 같은 신나는 꽹과리 춤을 추면 참새 떼가 깜짝 놀라 멀리 도망가 버릴 거야.

- 허수아비 : 네~ 주인님. 분부대로 저의 꿈을 멋지게 펼쳐 보겠
  습니다.

주인과 허수아비의 포근한 대화에 자연과 인간의 여유로운 낭만을 느낀다. 광활한 들판에서 한 편의 멋진 누런 팬터마임을 보는 것 같다.

인간의 상상력은 정신적 과잉활동인 것을 제외하고는 무한한 것 같다. 귀에 들리는 새 소리와 바람 소리나 눈에 보이는 사물의 형상도, 색깔도 풍부한 감수성에 따라 다양하다. 또 그것들에게서 느끼는 감정도 아름답고 신비롭고 슬프고 기쁘기도 하다.

참새 떼들의 비행 소리에 아련한 환청인가 착각하고 휘몰아치는 UFO의 궤적처럼 영혼을 무아지경에 이르게 한다. 가을 들녘의 파란 하늘에서 꾸는 참새와 허수아비의 꿈을 마음의 스케치를 해 본다. 얼마나 평화로운 조화이며 허수아비의 꿈과 참새 떼들의 노래인가. 참새와 허수아비를 조화시킨 인간의 지혜, 그 둘의 심리묘사가 너무나 희극적이고 멋있는 연출이 아닌가.

허수아비는 장대 끝에 十자 형의 틀을 만들고 그 위에 볏짚 등으로 사람의 형상을 닮게 만든 원시적 조형물로서 주로 흰색의 헌옷을 입혀 그 깃이 바람에 펄럭이도록 만든 조형물이다. 머리에 커다란 밀짚모자를 씌우고 숯이나 먹으로 부리부리한 눈, 괴기스러운 입, 까칠한 긴 수염을 그려 넣는다. 나는 허수아비야말로 참으로 해학과 가장(假裝), 속임의 극치물이라 평가한다. 논이나 밭 한

가운데 세워진 외다리 허수아비는 바람이 불면 흰 옷깃이 앞뒤로 너울너울, 빈 깡통이 땡그랑 땡그랑 흔들리면서 들판의 참새 떼나 산자락의 노루, 고라니, 멧돼지들의 접근을 경계하며 멀리 쫓아버린다.

그런데 그 동물들도 그들의 조상들로부터 기억, 경험 등 반복적인 학습을 받았는지 세월이 흐르면서 그들도 허수아비가 한낱 위장술에 불과하다는 걸 터득하여서 경계심도 없고 무서워하지도 않는다. 짓궂은 참새 떼나 산짐승들은 오히려 허수아비 모자 위에 앉는 여유로움과 장대 바로 밑에서 땅을 파는 담대함을 보인다.

비행장에서는 새 떼를 쫓는 데는 총을 사용한다고 한다. 또 어떤 곳은 공기압을 이용해 새 떼가 놀랄 만큼의 큰소리를 주기적으로 내는 장비를 설치 운용하고 있다고 한다. 넓은 공간에 비행기 안전이 우선이기 때문이다. 비행기에서 빨아들이는 공기압에 새 떼들이 휘말려 들어가는 것을 예방하는 조치인데 새 떼가 비행기 연료 타는 냄새를 좋아해서일까, 호기심 때문일까. 빠른 비행물체인데도 겁을 내지 않고 무서운 비행기 주변을 어찌하여 배회하는 것일까.

요사이 농촌에는 허수아비는 있지만, 사람이 원두막에서 새 떼를 쫓는 일은 없다. 인구의 도시 집중화로 그런 들판에 배치할 사람도 없고, 그럴 필요도 느끼지 않는다. 먹다가 배부르면 날아가겠지. 먹어봐야 얼마나 먹겠나 그렇게 생각하는 것일까. 여물지 않은 벼를 부리로 쉽게 빨아버리면 쭉정이가 되어버리는데도 말이다.

오히려 쌀이 남아도는 형편인데 어쩌겠나.

그때 그 시절, 쌀 한 톨이 얼마나 귀했던가. 학교 갔다 집에 오면 들녘에 나가 허수아비에 줄을 매달아 그것을 당겨 수시로 춤을 추게 하는 일을 했다. 빈 깡통 소리를 요란하게 내게도 했다. 기다란 뙈기를 만들어 주변을 뻥뻥 울려 참새 떼들이 놀라 멀리 날아가게도 했다.

우두커니 논에 서 있는 허수아비를 보면서 격세지감을 느낀다. 참새 떼들이 놀라지 않는 허수아비, 있으나 마나 한 쓸모없는 것이 되어버렸다.

널따란 들판에 외로운 허수아비가 꿈을 꾸거나 춤을 추고는 있지만 별로 실속이 없다. 흔히들 할 일은 하지 않고 나라 세금만 축내는 공직자를 허수아비 같다고 한다. 주인의 말은 듣지도 않고 엉뚱한 생각만 하는 엉덩이에 뿔 돋은 못된 인간도 허수아비 같다고 한다. 허황한 꿈만 꾸며, 한건주의나 기회만 보는, 그저 시간만 지나면 해결된다는 약아빠진, 그래도 먼저 가슴에 영광의 훈장을 달려고 하는 뻔뻔한 인격, 이것도 바로 허수아비를 두고 한 말이 아닐까 싶다.

허수아비의 꿈은 본연의 임무를 충실히 수행 하겠다는 주인과의 약속이다. 그것이 인간과 인간, 인간과 자연이 공존하는 의미이며 허수아비의 꿈이니까 말이다.

땅콩의 슬픔

'땅콩'은 콩과에 속하는 일년생 초본식물로서 땅속에서 열매를 맺는다고 하여 '낙화생(落花生)'이라고도 한다.

이른 봄에 모래가 섞인 물 빠짐이 좋은 보슬보슬한 황토에 심으면 땅속에 묻힌 씨방이 자라면서 누에고치 모양의 꼬투리를 형성하는데 한 개의 꼬투리 안에는 1~3개의 열매가 들어있다. 그 열매는 영양분이 충분하여 반찬으로, 혹은 심심풀이 간식으로도 인기가 높다.

선선한 바람이 불어오는 초가을, 서리가 내리기 전에 땅콩을 수확한다. 몸통 줄기를 잡아당기면 그 알맹이들이 줄줄이 고구마처럼 따라 올라온다. 그래서 가끔 인간사에 비유, 어떤 사건의 몸통에 연루되어서 진실이 하나씩 밝혀질 때 사람들은 그런 경우를 '줄줄이 땅콩'이라고 일컫는다.

사필귀정이라는 말이 있다. 우리 인간사에서 크고 작은 여러 가지 논쟁이나 다툼이 있어 그 옳고 그름을 가릴 때 결국은 옳은 이치대로 돌아온다. 진실과 정의는 반드시 살아있다는 의미로 쓰이는 말이다.

돈과 권력에 의해 진실이 지배된다면 이 용어의 의미는 허공에 떠도는 한 조각 뭉게구름에 불과할 것이다. 땅콩의 성장은 그 식물의 자연적인 질서일 뿐 그 열매의 운명은 결코 어떤 일의 옳고 그름에 휘말리지도 않고 슬픈 존재도 아니다. 열매 끼리 타협도 하지 않고 배신도 하지 않는 식물이다. 오직 왕성한 줄기로 번식하고 그 열매는 인간의 입을 이롭게 해줄 뿐이다.

그런데 어찌하여 땅콩에 이런 누명을 씌울까. 뽑을 때 줄기에 따라 나오지 못해 흙 속에 묻혀 썩을 운명에 놓이는 땅콩도 있다. 왜 그럴까. 한 줄기에 붙어있는 형제들은 알맹이가 튼실하게 여물어 잘 뽑혀 나오는데 유독 한 개는 몸통에 밉게 보여 양분을 잘 받지 못하고 허약해서 뽑혀 나오지 못했을까. 다른 형제가 양분을 독식해버리는 바람에 허약한 신세의 아픔을 당해서일까. 아마도 몸통 줄기가 엉뚱한 곳으로 양분을 빨아들이는 바람에 허약한 새끼들은 모두 낙오되는 건지도 모를 일이다.

그렇다면 몸통 줄기의 부패된 잘못을 어떻게, 무엇으로 선명한 응징을 해야 한단 말인가. 제 몸만 살찌우기 위해 혼자서 햇빛이나 양분을 가로챘을까. 뒷일을 생각지도 않은 채 말이다. 하긴, 이성을 가진 인간도 아닌 한낱 식물에 불과한 땅콩 줄기가 무슨 그런 허무맹랑한 기교를 부릴 능력이 감히 있기나 하겠나.

선명한 응징은 참 쉽지. 그 줄기를 뽑아 태워버리거나 다시 땅에 그 종자를 심지 않으면 영원히 그 종족의 씨가 없어져 버리거든.

그런데, 바른길로 반드시 돌아간다는 것을 따지는 인간사에서는 땅콩처럼 형제들의 잘못을 잡아내어 몸통 줄기의 잘못을 쉽게 캐낼 수 있을까. 하긴, 샌님들의 능력이 출중하니 그런 것쯤이야 찾아내는데 문제가 될 것이 없겠지. 차라리 몸통 줄기가 화끈하게 이실직고(以實直告)해 버리는 것이 더 낫지 않을까.

세상에는 비밀이 없다고 한다. 어떤 이들은 그 비밀이 무덤까지라고도 말한다. 물론 역사성이나 체면에 따른 환경적인 비밀은 여기에 속하겠지. 계속 버티면서 말이다. 그러나 땅콩은 아무리 몸통 줄기가 땅속에 깊이 박혀있어도 예리한 삽으로 파버리면 들어 올려질 수밖에 없을 것이다. 삽질 당할 때까지 얼마나 괴로운 슬픔에 빠져있었을까. 말 못 하는 식물이지만 연민의 정을 느끼며 인간이나 식물도 자연의 질서에 역행하면 결국 자멸하고 만다는 교훈도 남겨주고 있는 것 같다.

아, 땅콩이여. 너무 슬퍼하지 마라. 언젠가는 인간에게 맛있는 봉사도 하고 네 종족도 많이, 멀리 그리고 튼실하게 번성시킬 수 있을 것이야. 그것이 곧 소박한 너의 꿈이 아니겠니.

그런데 세상에서 회자되는 땅콩 스토리는 그리 소박하지 못한 것 같다. 법이 있으므로 죗값을 치러야 하고, 또 자신의 가계(家系)에 어두운 그림자를 드리울 수도 있으니까 말이다. 그래서 인간이나 식물인 땅콩의 운명은 부처님 손바닥이라고 하면 어떨까. 뛰어 보았자 벼룩 신세이니까 말이다.

땅콩은 의식이 없다. 다만 그 성장은 자연의 순리에 따를 뿐이다. 그러나 사리 판단을 명석하게 잘하는 인간은 보이지 않는 줄(인맥)이 있어서 몸통을 흔들면 더부살이 같은 열매들은 땅콩의 운명보다 더 처절하게 따라 올라와 비열한 자화상의 민낯을 온 천하에 불명예스럽게 내보이게 된다.

　인간의 땅콩 같은 열매들은 긍정적이건 부정적이건 몸통에 붙어 자칫 오해를 사게 되고, 때로는 떳떳지 못한 허탈한 영광을 안게 되며, 절망의 그림자 속으로 자신의 자취를 빠져들게도 한다. 심심풀이 땅콩, 간식이나 주전부리로 이용될 때가 가장 떳떳하고 아름다운 꿈이거늘 부정적 의미의 줄줄이 인간 땅콩들도 오직 자연의 순리대로 무성하게 자라는 심심풀이 땅콩처럼 깨끗한 소망을 가진다면 결코 불행한 일은 닥치지 않을 것이다.

역지사지의 의미

역지사지(易地思之)는 다른 사람의 처지에서 생각해 본다는 의미이다. 현대인은 자기애가 매우 강하고 자기만이 가장 중요하다고 생각하는 경향이 있다.

사람이 무슨 일에든 객관적이고 공평하다고 생각한 저변에는 먼저 자신의 이로움이 깔려있다고 보면 될 것이다. 왜냐하면 인간은 이성이라는 잠재의식이 내재해 있어 남의 처지가 아닌, 내 처지에서 먼저 생각하면 편하다. 그러나 동물들은 도덕적 관습이나 사회적 규범을 생각할 수 없고 다만 적자생존의 원초적 단순 논리대로만 행동하기에 처지를 바꿔 놓고 생각한다는 의미는 해당하지 않는다. 복잡한 사회구조 속에서 인간관계 또는 가족관계는 상호 간의 입장이 민감하게 작용하고 있으므로 그런 관계들이 첨예하게 대두될수록 남의 입장을 먼저 생각해 볼 수 있는 여유를 갖기는 그리 쉽지 않은 사회적 혹은 시대적 과제라고 볼 수 있다.

상대방과의 원활한 소통은 역지사지가 잘 이루어진다는 의미이기도 하다. 이런 배경은 나이, 성별, 삶의 환경 등에서 또렷이 나타난다. 자신만이 최고라는 독선과 아집, 상대의 눈높이를 맞추지 못한 병적인 망상, 전시효과만을 노리는 위선적 추태, 상대에게 배려 없이 자신의 이익만을 먼저 생각하는 이기주의 등은 솔선과 모범을 보여야 하는 사회적 지도자급에서 간혹 나타난 경향이 있는 것 같다.

통치자들은 국민의 처지에서 생각하고, 고용주는 고용원의 처지를 생각하고, 가정에서는 가족 개개인의 입장이 되어 생각해 준다면 불신과 배신이 없는 합리적인 세상이 되지 않겠는가. 그런데 여기에는 한 가지 문제가 도사리고 있다. 역지사지도 상대가 정상적일 때만이 가능한 것이다. 이해심이 특별히 넓거나 천성적으로 배려가 몸에 배어있는 양심적인 사람을 역이용했다면 당사자의 실망감은 얼마나 크겠는가. 이런 비인간적인 모독에 대한 분노의 살기 어린 화살은 바로 슬픈 인간관계를 만들어 낼 것이니까 말이다. 즉 역지사지의 사회적 조건은 양자의 정상적인 사고와 의식이 선행되어야 한다는 말이다.

이는 상대의 처지를 생각하는 사람들의 의식 정도는 부류에 따라서 조금씩 다를 수 있다. 나이나 지식수준, 경제적 여건, 사회적 위상, 공직자의 직위 등에 따라서 공적 혹은 사적으로 그 형태가 다를 수밖에 없다.

우리는 공동의 사회생활을 하면서 상대의 생각이나 처지를 바꿔서 생각해 주는 자세를 가져 보자는 것이다. 참으로 알 수 없는 것은 사람의 마음일진대 어찌하여 상대의 입장을 먼저 생각한단 말인

가. 표정을 보고 상대의 처지를 생각하는 것은 한계가 있다. 또 대화 과정에서 상대의 입장을 고려한다는 것도 좀 어색함이 있을 것이다. 이것은 다만 우리의 의식 차원으로 일상의 사회생활 자세이며, 관습이며, 문화적 성숙도라고 인식하면 될 것이다.

역지사지하는 인간관계는 원활한 소통을 의미하는 것이기에 건강한 인간관계 성숙을 위해서는 이기주의만을 고집하지 말고, 배려하고 이해하는 것이 전제되어야 한다. 이것이 바로 역지사지의 본뜻일 것이다. 여기에는 약자와 강자, 남녀노소, 빈부, 신분의 고하가 따로 없어야 한다.

내가 나를 배신하지 않고 나 자신에 충실하며, 자신의 내면의 목소리를 듣는 올바른 인간관계, 믿고 신뢰하는 역지사지가 있는 소통, 이 얼마나 바람직한 우리 국민만의 선진국형(型) 의식문화인가.

미로 게임의 허상

미궁 속에서의 빛나는 하나의 하얀 흐름은 나의 가슴에 잔잔한 경고의 진동을 울려준다.

그러나 눈을 뜨고 보아도 보이지 않는 길, 깜깜한 밤이어서일까. 영혼의 무한한 공간에 존재하는 상상 속 기억의 미로여서일까. 공상가의 탁월한 정신세계의 우월성이 확보되면 그 무한한 소유의 길은 그려지지 않을까. 미지의 공간에서 어떤 인력이 끌어당겨 바다를 헤엄치는 마법의 물고기가 반짝이는 별빛의 영감을 받아 선명히 드러난 그 길의 종점을 찾아내는 기막힌 상상을 해 본다.

각종 스트레스를 앓는 현대인들에게 집중력과 인내력을 키워주어 재미와 상상력을 제공함으로써 지친 뇌를 자극하고 두뇌를 힐링시키는 기계적 미로 게임은 사람들에게 좋은 생각을 제공하는 이점이 있다. 시작점에서 출발한 미로는 끈기 있는 자만이 누리는 승리를 종착점에서 얻는 것처럼 마치 인생 삶에서도 마지막에 웃는 사람이 가장 행복한 사람이라는 것을 경험하게 해주니까 말이다. 하지만, 타인과 관계를 맺고 정신적으로 상호작용하는 정신적 미로 게임은 어찌 보면 심리학적인 차원에서 눈에 보이지도 않고 손에 잡히지도 않는 허전한 허상만을 남겨주며 때로는 가까이, 때로는 겨울밤의 별처럼 멀기만 할 뿐이다.

바다와 버들男

「싯다르타」*의 영혼이라고 해도 나는 남(男)의 마음속에 들어갈 수 없다. 미로의 게임에서 마음속의 심연에서 생기는 뿌리 깊은 유기적인 힘을 내가 끌어당겨도 그 게임에서는 결코 승리할 수 없는 허상일 따름이다.

높은 하늘에 성경의 진리가 이입되어 바람 따라 노래 부르며, 유영하면 미로의 꿈을 쉽게 이룰 수 있을까. 뻥 뚫린 가슴으로 저 푸른 해원의 수평선 너머 하얀 파도 위에 미로를 만들면 멋있는 그림들이 그려질까. 아니야, 나의 영(靈)은 남(男)의 마음속 미로를 이해할 수도, 읽을 수도, 찾을 수도 없을 것만 같다.

아, 이렇게 어렵고 힘든 미로 앞에 나는 낙심해야만 하는가. 그 미로를 아름다운 영혼의 노래로 승화시켜야만 하는가. 인간의 감정 체계로 이루어진 상상력만 동원된 허상인데도 말이다. 하긴, 현대는 뇌 영상 기술인 양전자 단층촬영(PET), 자기공명영상(MRI), 뇌파검사(EGG) 등의 발전으로 신경망을 직접 눈으로 보면서 사람들 내면의 상태와 생각, 감정 등도 개념화할 수 있다고 하니 더욱 놀라울 뿐이다.

내적 공허함이 느껴지는 냉랭한 소통이란 인간의 마음을 의도적으로 완전하게 개방하지 않으려고 하는 게슴츠레한 상태라고 말하면 어떨까. 인간은 서로의 마음이 토라지고 삐지면 이 미로의 소굴을 쉽게 빠져나오지 못하는 것일까. 그 예민하고 복잡함에 푸른 신호를 보내보지만 반응하지 않는다.

무디어진 감각 때문일까. 편향된 생각에서일까. 미로의 종착역이 너무 멀고 힘들어서일까. 차라리 눈을 감고 상상의 나래를 펼쳐보면 어떨까. 바다 같은 마음에 이 미로는 저 멀리 수평선 너머에서 가물거릴 뿐이다.

남(男)아, 그래도 우린 반백 년을 함께 살아오면서 하얀 도화지에 여러 번 너의 마음을 스케치해 왔기 때문에 이제는 소통도 해 볼 수 있을 것 같고, 내 마음의 메아리도 그 길을 따라 광명을 얻을 수 있을 것도 같다. 그 종착역은 바로 내 마음속에 있으면서 아늑한 생명이 흐르는 약수를 마시는 것처럼 시원스레 그 길을 따라갈 수 있을 테니까 말이다. 감정의 공유는 아무나 쉬이 이루어지질 않는가 보다. 아름답고 감미로운 환희가 빵 반죽에 이스트가 스며들어 부풀어 오르듯이 현실 속에 스며들어 부풀어 오르면 좋을 것 같은데 그렇게 부풀지 않으니 어찌하면 좋을꼬. 날아오르고만 싶은 하늘 위에서 종착점을 향하여 영감(靈感)의 신호를 보낸다.

그러나 반향은 되돌아오지 않는다. 다른 방향으로 유인되어 가버렸을까. 돌처럼 무감각한 마음의 문을 닫아버렸을까. 달콤하고 환상적인 그 길이 내면의 빈 마음을 채워주지 못해서일까. 시큰둥한 반향음에서 혼돈의 음악 소리와 함께 실낱같은 희미한 희망의 메시지가 내 마음에 환희와 영광으로 다가오는 것 같다.

아, 저 푸른 바다 위에서, 높은 하늘에서, 또 내 마음속에서 손을 흔들며, 찬송을 담은 버들 남의 감정의 피날레가 뜨거운 포옹으로 다가올 것만 같다. 마치 스쳐 가는 허상처럼 말이다.

인간 내면의 심리상태는 볼 수는 없지만 느끼고 공감할 수는 있다. 극단적일 때 인간은 자기 자신의 마음도 제대로 읽지 못하는데 어찌하여 타인의 마음까지 읽어 볼 수 있으며, 또 그것을 하얀 도화지에 선명하게 그릴 수 있단 말인가.

인위적인 미로 게임의 실상은 사람들이 확실히 보면서 정신적인 만족을 즐기고 있지만, 영혼의 공간에서 상대의 마음을 고독하게 찾아 헤매는 미로 게임은 바다를 보면서, 또는 밤하늘의 별을 보면서 찾는 멘탈 게임(mental game)이기에 박수 소리가 쉬이 나질 않는가 보다. 어떻게 하면 그 소리를 들을 수 있을까. 철썩이는 파도 따라, 솜털처럼 피어오른 한 조각 구름 따라 밀려오는 미로의 낭만은 바로 허상일 뿐인데, 그래도 허전한 마음에서, 쓸쓸한 감정에서, 답답한 내면의 갈등에서, 인간 정신의 내적 심연이 허상인 것처럼, 복잡한 인간관계의 현실에서 미로는 의식을 치료하면서 화사한 허상의 영광을 맞이하게 해준다.

---

* 『싯다르타』: 헤르만 헤세(Hermann hesse)의 장편소설, 윤회의 슬픈 황홀경을 맛본 사바세계의 영혼의 깨달음과 이승의 번뇌를 해탈하여 열반의 경지에 이르고 내면의 진리의 향기를 풍기며 그윽한 미소를 흘려보내는 것을 주제로 하고 있다.

석관 매장문화 소고(小考)

인간의 목숨은 유한하고 인간은 흙에서 나서 흙으로 돌아간다. 흙은 생명의 고향, 삼라만상이 흙을 떠나서는 존재할 수 없기에 예로부터 신성시해 왔다.

무덤은 그 흙 속에 시체를 묻어놓은 곳으로 효의 상징으로, 부의 과시용으로 과도한 치장도 했다. 또 조상의 영험한 힘이 후손들에게 복을 주는 정신적 위안 장소, 재생의 기원 혹은 수호신적 염원을 내포하고 있는 관념적 공간이기도 하다. 선사시대의 고인돌, 통일신라 시대의 왕릉, 이집트의 피라미드가 다 그런 이유를 담고 있다.

장묘문화는 나라마다 다르다. 흙에 묻는 매장, 나무나 풀밭에 방치하는 풍장, 논 가운데 매장하는 수장, 집주변에 돌무더기를 쌓아 넣어 놓은 돌무덤, 평평한 평장, 고인돌 등 다양한 장묘 방식이 있으나 결국 그런 문화들은 관념적인 것으로 후손들의 효심에서 비롯되었음은 의심할 여지가 없다. 또 이승의 삶을 마감하고 고인의 영혼이 저승세계에서 편안히 잠들기를 바라는 기독교의 세계관인 언젠가 새 생명이 부활한다는 의미도 갖고 있다.

우리나라는 고려 시대에는 석관묘 문화가 있었고 삼국시대에는 화장시켜 자연에 뿌리는 화장문화가 있었다. 그러다가 조선 초기에는 화장을 금지하고 목관을 사용하여 매장하는 목관 문화가 주류를 이루었다. 오늘날은 유족의 판단에 따라 화장이나 수목장, 납골당 등 다양해졌다. 그런데도 사람은 죽으면 언젠가는 자연에 귀의(歸依)한다는 사실만은 변함이 없을 것이다.

지금은 지자체별로 공공묘지 관리하는 체계가 다르다. 내 고향 시(市)의 공공묘지 관리 규정은 망자가 돌아가실 당시 주소지인 행정구역상 시(市) 관할 구역에 의해서만 시립 공공묘지에 안장시킬 수 있도록 했다.

이후 국토의 효율적 이용과 매장문화의 개선을 위해서 시(市) 이외 타 지역에 묻힌 묘지에 대해서도 시립 공공묘지로 옮길 수 있는 규정이 만들어졌다. 단 이 절차는 시(市)의 규정은 유골을 화장(火葬), 유골 분은 굽지 않은 옹기 사용과 일정 비용을 부담해야 하며 평장(平葬)해야만 관리를 해준다.

나의 부모님은 군 소재지 고향 산소에 모신 관계로 시립 공공묘지에 안장시킬 수 없었다. 그 후 시립장묘 시책을 지속해서 문의한 결과 바뀐 규정이 있다는 것을 알고 가족회의를 거쳐 이장(移葬)하기로 했다. 그런데 선친의 묘를 이장하는 일은 조심스러웠으나 향후 50년 후 후손들의 선조 모심이나 장묘문화의 의식변화, 도시생활의 번거로움, 시공간 이동의 어려움 등을 감안한다면 국가정책 호응 차원에서도 이런 방법을 선택하는 것은 합리적일 것 같았다. 어디까지나 장묘문화는 관념적이기 때문이며, 물론 후손들은 선조들의 기일(忌日)이나 가족 내력 등은 길이 기억하고 그 은덕을 오래도록 섬기면 되는 것이니까 말이다.

윤달이 낀 어느 날, 바뀐 규정대로 우리 가족은 지방에서 시립 공공묘지에 평장으로 옮기는 가족 행사를 단행했다. 포클레인이 분봉을 해체하고 땅을 팠다. 이어 나의 어머님의 석관 뚜껑을 개방하는 차례였다. 마치 살아있는 사람처럼 뼈 형체가 삭지 않고 가지런히 누워있었다. 순간 50년 전 어머님 생전의 모습이 뇌리를 스친다. 전문 장묘 인부가 뼈를 추스르는 동안 나는 어머님의 영혼과 무언의 감성 대화를 한다.

- 아들 : 어머님, 그간 평안하셨습니까?
- 어머님 영혼 : 오냐, 사랑하는 내 아들아, 나는 평안히 잘 있다. 식구들은 모두 잘 있지?
- 아들 : 네, 어머님, 아들의 목소리 들리십니까? 눈을 크게 뜨시고 아들의 모습을 한 번 쳐다보십시오.
- 어머님 영혼 : 응, 그래. 너의 맑은 목소리 잘 들린다. 그리고 잘생긴 너의 모습도 똑똑히 잘 보이는구나.
- 아들 : 어머님, 어디 불편하신 데 없으세요?
- 어머님 영혼 : 다른 것은 다 만족스러운데 이곳이 돌로 덮여 있어서 좀 답답하구나. 어서 자연으로 돌아가고 싶다.
- 아들 : 어머님, 염려 마세요. 이 아들이 어머님의 소원대로 답답

하지 않게 해드릴게요.

- 어머님 영혼 : 그래. 고맙다. 아들아. 우리 나중에 하늘나라에서 만나자 꾸나.
- 아들 : 네⌒. 어머님. 편히 쉬십시오.

초조하고 긴장된 내 얼굴에 두 줄기 눈물이 흥건히 흘러내리고 있었다.

빈손으로 왔다가 빈손으로 가는 것이 인간사이며, 종국에는 자연으로 돌아가야 할 것일진대 흙이 그리운 것은 어찌 자연의 순리가 아니겠는가.

효도의 마음에서, 부(富)의 상징으로서 값비싼 석관묘는 자연의 순리와는 맞지 않은 것 같다. 명분과 시대 흐름, 자연 회귀 차원에서 석관보다는 목관을 사용하고 또 흙으로 빚은 굽지 않은 옹기에 유골 분을 넣어 매장하는 평장 문화를 조성하는 것은 지혜로운 장묘문화인 것 같다. 선조들을 온전하게 자연으로 돌려보내는 것이 후손의 처지에서 효도라는 관념적인 생각을 해 본다.

색깔 있는 양심

양심은 인간 내면의 윤리적 감각으로 도덕적으로나 상식적으로 벗어나지 않은 프레임, 마음의 자세일 것이다.

양심은 사람의 생각이나 행동에 대한 기준이 되는 것이기에 진정한 양심적 행동은 보다 넓은 의미의 도덕적인 것에 기반을 둔 것이라 해도 될 것이다. 양심은 사람에 따라 다른 사고(思考)와 행동 원칙을 좇는 것이지만, 사회적 규범에서 보편적 상식적으로 벗어나지 않아야 하며 모든 사람이 이 양심에 따라 행동하는 것은 개인적 혹은 사회적 생활의 근본이라고 할 수 있다.

눈에 보이는 양심도 있을까? 어떤 건물 주인이 그 건물에 피해를 주려는 사람의 행동을 저지하려는데 아무 거리낌 없이 오히려 그 주인에게 인격적 모독과 함께 불쾌한 듯 대들려고 하는 비양심적인 행동은 대체 어떤 부류에 속할 양심일까? 더 젊다고, 덩치가 더 크다고 함부로 행하는 언행은 보이는 양심일 것 같은데 마치 주먹이 먼저란 구태의연한 원시적인 처사여서 씁쓸하다. 아직도 그런 후진국형인 양심이 있을까. 아마도 나와 남을 같은 인격으로 이어

주는 타고난 선(善)을 아집이 훼방을 놓기 때문에 실현하지 못한 것뿐이라고 자위하겠지.

인간의 행동이란 양심을 따르는 삶이다. 이 양심만이 우리의 앞길을 밝혀주는 빛이요, 진리이다. 인간의 양심은 옳고 그름을 명확히 식별할 수 있는 능력도 있고 남과 공감할 수 있는 능력도 있다. 우리는 마음을 통해서 세상을 보고 느낀다.

세상을 바르게 보고 싶다면 우리의 마음을 바꿀 수 있어야 한다. 마음을 통하지 않고 사물을 파악할 수 있는 사람은 없다. 바로 일체(一切)라는 것은 마음이므로 선과 악은 전적으로 마음에 달린 것이라고 할 수 있겠다. 인간 내면에 존재하는 양심은 본래 정의롭고 지혜롭기에 양심적인 삶을 살고자 하려면 무엇보다도 인간의 근본으로 돌아가야 한다는 것이다.

인간의 양심에는 색깔이 있을까? 굳이 양심에 색깔을 넣는다면 그 정의는 관념적 이해가 필요할 것 같다. 양심은 내면의 소리이고 행동으로 나타나는 것이므로 본연의 선한 사고(思考)여야 한다고 정의하면 어떨까. 남을 속이지 않고 순수한 마음으로 발현된 양심을 '하얀 양심'이라고 한다면 이것은 사향 같은 마음에 바람이 불지 않아도 향기가 솔솔 피어나는 것처럼 바로 선(善) 그 자체이기도 하다. 그런데 검게 포장된 교활한 마음은 정신적인 적격성을 갖지 못함을 의미하는 도덕성의 단절이며, 불의와 부정이 숨겨져 있는 강박 장애적 '시커먼 양심'이라고 할 수 있겠다. 겉으로 드러나는 언행과 속으로 가진 생각이 다른 표리부동한, 또는 정치적, 사상적

경향이 뚜렷하지 아니한 상태의 색깔을 가진 양심을 '회색 양심'이라고 한다. 또 법이나 질서 앞에서 인식 없이 제멋대로 행동하는 색깔 없는 행태적 쓰레기 같은 양심도 있다. 그들은 자신에게 거짓말하고, 부당하게 남을 비난만 하며 자신의 음험(陰險)한 악행을 모른 체하고, 자신의 못된 의지를 타인에게 강요하고, 병든 자아만을 보호하려는 사람이 그들이다.

이렇듯 인간사회의 정의와 행복은 바로 법보다 먼저 이 하얀 정상의 양심일진대 근본적으로 그것이 인간의 품위를 모두 존중해 준다면 얼마나 뿌듯하고 좋을까.

6

아름다운 삶

숲속 아버지와 아들

이 세상에 아들을 사랑하지 않는 아버지는 없을 것이다. 낳아 길러 주는 은혜는 숙명인지도 모른다. 아버지가 아들에게 보여주는 인생 삶의 나침반은 거친 파도 위의 등대가 되어 주고, 목마른 갈증에서 목을 축여주는 사막의 오아시스와도 같을 것이다.

또 사랑과 진실이라는 좌표로 행복이라는 항구에 도착하고 인생의 향기로움을 멀리 오래도록 퍼져나가게도 한다. 이렇듯 아버지는 성장기에는 착한 아들로 길러 주고, 학생일 때는 공부라는 무거운 짐을 안겨 주면서도 부정적 감정보다는 긍정적 사고를 길러 주고 싶은 심정이었을 것이다. 먹고사는 문제가 해결된 상태에서는 물질적인 면보다는 정신적인 꿈과 희망을 심어주고자 한 것은 이 세상 모든 아버지의 솔직한 바람일 것이다.

꾸준히 책을 통해서 자신의 삶을 풍요롭게 하고 박식한 사람보다는 현명한 사람이 되라는 훌륭한 멘토를 해준다. 그리고 로마는 하루아침에 이루어지지 않는다. 라는 고사성어의 의미도 알려주면서 말이다. 진솔한 삶을 추구하며 꿈과 이상을 갖게 하는 삶의 연금

술사가 되라고 아들에게 주문해 주고 싶었을지도 모른다. 아버지와 아들, 듣기만 해도 가슴이 두근거리는 관계이고 숭고한 태양의 강렬한 빛과도 같은 천륜으로 얽혀진 관계이기에 더욱 그렇다.

연초록 실록이 짙어가는 5월의 한적한 숲속, 강한 피톤치드 향이 코끝을 자극하며 기분 좋은 심호흡을 유혹한다. 허름한 벤치에 50대로 보이는 아버지와 20대로 보이는 아들이 다정히 앉아 무언가 두런거린다. 아마도 아버지의 지난날 성장환경과 오늘의 사회적 현상 그리고 솔로몬과 같은 지혜로 직장의 원만한 인간관계를 이야기하고 있지 않을까 싶다. 그 진지함과 간절함이 내비치는 아버지의 표정에서 너무나도 포근하고 친구 같은 다정함이 엿보인다. 고개를 숙이고 묵묵히 아버지의 말씀을 듣고 있는 아들의 모습에서 참신하고 온순함이 내비치고 있었다. 다니는 행인도 없다. 아버지와 아들의 향기가 물씬 풍기는 한 폭의 산수화 같다.

나는 두 사람의 대화에 행여 지장이 될까 봐 저 멀리서 가벼운 상념 속에 산책하고 있었다. 울창한 나뭇가지 사이로 빤히 드러나는 푸른 하늘을 보면서 지난날 내 삶의 여정을 회상해 본다. 그날들의 삶이 여유가 없었다고 나는 내 아들을 따뜻한 사랑으로 품어줌이 좀 소홀하지 않았나 싶었고 간혹 호젓한 숲길에서 손을 잡고 걸으며 다정한 대화를 한 적이 있었을까 반성을 해 본다. 인간의 감정표현조차도 제대로 하지 못했던 지난날 나의 삶의 환경이 너무나 각박했었고 멋없었음을 고백해 본다. 그런 것들이 사회적 변화 과정이라고 넘겨버리기에는 너무나 후회스러워 가슴이 답답해진다.

인륜은 천륜이라고 하지 않는가. 아무리 사회현상이 변화하더라도 부자지간의 정은 결코 쉽게 변하면 안 되는 법이다. 새들의 노래가 행여 그들의 대화에 지장은 주지나 않을까. 주책없이 재잘거리며 지나가는 사람들이 그들의 대화를 멈추게 하지는 않을까. 염려도 했지만, 주위는 여전히 고요하고 아름다운 침묵이 흐르고 있었다. 한 조각 소슬바람이 소나무 잎 사이를 스치고 지나간다. 가벼운 휘파람 소리가 소용돌이치며 귓전을 울린다.

아버지가 아들의 등을 다독거린다. 그 행위는 무엇을 의미하는지 알 수는 없지만 아마도 어려운 현실을 용기를 가지고 슬기롭게 헤쳐나가자는 사랑의 표현으로 보면 되지 않을까 싶다. 한참을 지나서야 두 사람은 나란히 오솔길을 걸어 내려간다. 집에서도 그런 대화할 수 있었을 텐데 왜 자연 속에서 오롯한 사랑을 아들의 마음속에 담아 주었을까. 아마도 산은 마음의 치유력이 있는 문화의 원형이고 변치 않는 존재의 상징이며, 깊은 침묵과 지혜를 품은 신성한 곳이기 때문에 영적(靈的)인 안내를 해주고 싶었을 것이다. 또 산의 순수성 앞에 자신들의 몸이 내외적으로 산처럼 보이고 느껴지기를 바랐을 것이다.

기쁨에 넘치는 숲속 나무들의 격려 온기가 두 사람의 발걸음에 젖어 든 듯 가볍게 흔들거리고 있었다. 맑고 청정한 숲속에서 인간의 내면이 표출되는 것 같은 분위기에 삶의 날씨도 더 맑게 보이는 듯했다.

길이 그 아름답고 소중한 대화가 좋은 결실이 맺어지고 아버지의 활짝 핀 얼굴에는 웃음꽃이 피는 그날이 왔으면 하고 빌어 본다. 그리고 아들의 자신 넘치는 두 어깨가 쫙 벌어지는 날도 기대해 본다. 세상에서 가장 위대하고 훌륭한 사람 아버지, 괴롭거나 슬픈 일이 있을 때도 아들 앞에서는 결코 눈물을 보이지 않는 아버지, 하고 싶은 말이 있어도 행여 마음의 상처가 될까 봐 꾹 참는 아버지, 진정한 인생의 선배로서 성인(聖人)의 덕목을 갖추려는 아버지, 기어 다니는 게처럼 자신은 비록 옆으로 걸으면서도 아들에게만큼은 똑바로 걸으라고 하고 싶은 아버지, 자연의 순리에 따라 아버지의 넓은 등을 보고 자란 듬직한 아들에게 언젠가는 자신의 자리를 넘겨주어야 할 아버지, 그 아버지는 자신의 모든 것을 내놓아야 하는 이 세상에서 가장 아름답고, 든든하고, 화려한 직업을 가진 대부(代父)이니까 말이다.

1,000원의 행복

갓 태어난 아기는 사람의 얼굴인식에 대한 지각적 능력을 갖추고 있지 않기 때문에 엄마의 얼굴도 알아볼 수 없을 것이다. 그러나 두 눈과 코, 입의 규칙성 어조(語調)와 미세한 표정, 모든 동작과 스킨십, 보디랭귀지 등을 통해서 엄마를 금방 몸으로 체득한다. 슬픔, 놀라움 등의 감정 표현도 알아채고 익힌다.

아기가 성장하면서 부모나 친구들과 어울리다 보면 이런 감정이나 의식도 함께 성장하게 된다. '감정은 거짓말을 하지 않는다.'라는 말이 있다. 말이나 행동은 어렵지 않게 위장할 수 있어도 감정은 쉽게 위장할 수 없다는 의미이다. 이렇듯 감정은 어린아이들의 속마음을 가장 솔직하고 정확하게 대변하고 또, 깨끗함으로 흔히들 순진하다 혹은 천사 같다고들 말한다.

인간에게는 동물과 다른 이성이라는 게 있어 뇌 신경이 발달하면 자신을 의식하고, 감각적 판단 능력 변화로 유전적 특성을 형성, 각각의 습성이 형성된 인격적 사회생활을 하게 되는 것이다. 이렇듯 아이는 부모의 감정 어휘를 물려받게 되고, 또 부모가 감정을 잘 표현해 주면 아이들도 자동적으로 자신의 감정을 잘 표현하며 공감 능력도 더 발전한다는 말은 일리가 있는 것 같다.

영혼은 불가사의하다고 하지만 이성은 인지(認知)를 한층 고양하고 현시적(顯示的)인 표현을 하기에 이성은 영혼보다 더 낫다고들 말한다. 생각은 감정을 낳으므로 생각이 바뀌면 감정도 바뀌고 행복 기준선도 조금씩 올라간다고 한다.

작은 변화로 큰 행복을 키워가는 것은 인간 삶의 근본이다. 감정은 객관적 사물에 대한 자신의 태도로 기쁨, 슬픔, 사랑 등의 표현을 의미한다.

미국의 유명한 작가 헬렌 켈러는 그녀의 가정교사가 손바닥에 인형을 쥐여주며, 인형이라는 글자를 써주어 그 단어의 뜻을 익히는 데 성공하여 훗날 세계적 명성을 떨친 인물이 되었다. '태양을 바라보고 달려라. 그러면 그림자는 보이지 않을 것이다.'라고 말한 그녀의 의지처럼, 행복의 정도는 이런 것들의 상호작용으로 얻어지는 것이며, 마음으로 체험되는 것이고, 긍정적으로 사물을 보고, 가까이 있는 것에서 보람과 만족을 발견하려고 하는 자세에서 얻어지는 것이 될 것이다.

나는 가끔 아들 집에서 식사한다. 나이가 들어서인지, 아니면 치열(齒列)이 고르지 못해서인지 음식을 먹고 나면 이쑤시개를 찾게 된다. 그런데 아들 집에는 이쑤시개가 비치되어 있지 않았으니 말이다. 할아버지의 불편함을 손자가 눈여겨보았던가. 어느 날 초등학교 3학년인 손자 재하가 제 용돈으로 샀다면서 예쁘게 포장된 조그만 선물을 나한테 내민다.

흥분과 기대로 손자 선물을 열어 보았다. 둥그런 투명플라스틱 통에 넣어진 1,000원짜리 이쑤시개였다. 순간 만감(萬感)이 교차하는 묘한 기쁨을 느꼈다. 갓난아이로 할아버지한테 어리광만을 부리던 애가 어느새 지각 능력이 생겨 할아버지의 의중이나 행동을 눈치챘을까, 가슴이 먹먹해져 왔다. 효도나 가정교육 차원이 아닌 어린아이의 성장에 따른 의식의 변화에 한동안 고맙다는 말문조차 열지 못했다.

인간은 좋은 감정이 채워지지 않는 한 결코 다시 건강하고 행복해질 수 없다는 말이 있다. 이렇듯 행복은 인생의 가치를 가늠하는 유일한 잣대로서 사람을 사랑하며 바라는 어떤 희망의 감정에 주목하고 있는가에 따라 결정된다고 했다. 마음으로 느끼는 삶의 긍정적인 즐거움, 행복은 바로 내가 존재하는 데 있다고 하는 생각, 그리고 감사한 마음은 인생을 풍요롭게 만든다는 진실된 감정이 현대를 살아가는 우리에게 자아를 실현시켜 주는 좋은 촉매제가 되지 않을까 하고 생각해 본다.

지금은 고학년이 되었지만 나는 손자 하(夏)의 이런 솔직한 속마음과 의식의 변화를 보면서 바로 그것이 할아버지한테 주는 큰 기쁨과 즐거움의 값진 선물이며, 진정한 행복감과 자부심으로 흐뭇하다.

우주 과학 이론의 신비와 능숙한 컴퓨터 활용법으로 할아버지의 두뇌를 일깨워 주는 손자 재하는 제56회 과학의 날에 뛰어나 탐구

심과 창의성 있는 과학 활동으로 과학기술 정보통신부장관상을 수상하는 영광을 안은 손자로 성장하였다.

이 할아버지는 이렇게 톡톡 튀는 너를 많이 많이 사랑한다.

쿠로시오 해류의 비밀

　일반적으로 바다에서 광범위한 지역을 하나의 벨트로 묶어 늘 같은 곳에 존재하는, 마치 지구의 혈관과도 같은 역할을 하는 바다의 흐름을 해류(current)라고 한다.

　이 해류는 지구의 기온이나 기압 등에 영향을 받지만, 결정적인 것은 바람과 지구 자전에 의한 영향이다. 북서태평양 주변-필리핀 동쪽-에서 발생한 북적도 해류는 많은 일조량으로 덥게 팽창, 난류(Warm Current)가 되어 위도가 높은 양극을 향해 흐르는데 북쪽으로 향하는 일부를 쿠로시오 해류(Kuroshio Current)라고 부른다.

　그 해류는 대한해협과 일본 동, 남해를 통과하여 알래스카나 캐나다 서쪽까지 이르는데 그 흐름은 봄, 여름에 강해지고 가을, 겨울에 약해지며 해수 온도 또한 8~9월이 가장 높다. 한국 남해나 제주해협은 이 해류의 지류에 의해 많은 영향을 받는다. 반면에 극지방의 차가운 해수는 침강하여 해저를 따라 적도지방을 향해 퍼져간다. 그 일부가 대한해협을 통해 남하하는데 그것을 한류(Cold Current)라고 부른다.

지구상의 해류의 종류는 약 22개 정도가 되는데 대표적으로 저위도에서 고위도를 향해 2~5kts*로 흐르는 전형적인 해류는 쿠로시오 해류와 멕시코만 해류(Gulf Stream)로 예로부터 잘 알려진 해류다. 이 해류는 수년 혹은 수십 년마다 그 코스가 바뀌는데 그때마다 해저 생태계의 변화가 일어나고 어종이나 어획량도 함께 달라진다. 아마도 해류는 각각 수온, 염분, 물의 색깔, 투명도와 같은 특성이 있기에 그 흐름에 비밀이 숨겨져 있지 않을까 싶다. 또 이 해류는 끊임없이 흐르고 있기에 다른 말로 표현하면 해양의 대 하천(Ocean Current)이라고도 한다.

　쿠로시오 해류는 세계 최대의 바닷물 밸트로 1초당 수십억 톤이 흐르고 그 폭도 약 100㎞나 된다고 한다. 전 세계인구가 1초당 사용하는 물의 양은 약 십만 톤이라고 한다면 그 규모나 위력이 얼마나 크고 그 속에 많은 신비가 숨어있는가를 예측해볼 수 있다.

　이 지구상에서 두 해류의 흐름은 가장 중요한 해양 운동으로 육지의 불규칙한 분포, 대기 순환의 영향, 해저지형의 변화를 가져온다. 또 이 흐름으로 영양염을 수송하고 어획 생산량을 증대하므로 이 신비의 바다 밑 자연의 보고(寶庫)는 미래 인류 생명의 젖줄이 될 것이기에 해양자원의 이용 가치는 변함이 없이 그 중요성을 가지고 있을 것이다.

　생활의 터전을 바다에 둔 수많은 사람은 경험에 의해, 혹은 선조들로부터 삶의 지혜를 물려받아 그 해류의 이동에 웃고 울고 하는 것이다. 우리는 비록 한정된 땅덩어리이지만 삼면이 바다라는 숙명적인 미래의 희망이 있다는데 자부심을 느껴야 할 것이며 국력 신장이나 자원개발의 대명제를 앞으로 계속 꿈꾸어야 할 것이다. 다만 고도의 과학기술, 거대 투자 비용, 장기적 개발 특성 등을 고려해서 말이다.

여기서 잠깐 밀물과 썰물에 대해서 알아보고자 한다. 이것은 해류와는 별개의 개념으로 바닷물이 하루에 두 번씩 들어왔다가 빠지는 현상인데 지구의 자전과 공전에 따른 지구와 달 그리고 태양의 인력에 의한 현상이다. 대조(大潮)는 음력 그믐, 보름 때 달과 태양이 가장 근지점에 있었을 때 밀물의 높이가 가장 높고, 소조(小潮)는 상현, 하현 때 달과 태양이 해수면의 높이의 차이를 일으키는 힘이 가장 적어 썰물의 높이가 가장 낮다.

인천의 조차가 11m에 달하는 것은 많은 조석파 에너지가 밀려들어와 한곳에 모이는 현상이며, 빠져나갈 때도 많은 에너지가 이동하므로 남해안 일부에서 모세의 기적이 일어나는 현상은 하늘이 내려준 우리나라만의 특수한 자연의 신비에 대한 축복인지도 모르는 일이다. 서해의 갯벌은 어민들의 삶의 터전이며 해양자원을 보호하는 차원에서 우리의 문화유산으로 보존해야 하고 조수간만의 차를 이용한 에너지 자원 개발은 큰 국가 비전으로 제시되어야 할 것이다.

늦었지만 서해안 갯벌을 유네스코 자산에 등재(2021년 7월, 충남 서천, 전북 고창, 전남 신안, 벌교 및 순천만) 되었음은 후손들에게 참으로 다행한 일이라고 생각한다.

이 무한한 신비의 해류를 일부 국가들은 개발이나 탐색을 위해 신호탄을 쏴 올리고 있지만, 지구의 3/4이 바다인 것을 감안할 때 심해저 개발은 이제 겨우 5%에 불과하다는 현실이 너무나 미약한 것 같다. 다만 어획 자원 탐사, 어민들의 삶의 터전 확장, 어획량의 변화 등만을 연구하고 발전시키고 있을 뿐이다.

인간은 육안으로는 바닷물의 이동이나 바닷속 행태를 볼 수 없다. 다만 바다에 종사하는 사람들—어부, 해양산업 종사자—의 경험, 과학자들의 연구 자료 및 탐사 결과에 따라서 바다를 이해할 뿐이다.

쿠로시오 해류가 통과하는 지역의 바닷속 서식 동물이나 광물자원, 심해저 깊이에 따른 관측 등은 베일에 싸인 흥미 있는 비밀이라고 해도 과언이 아닐 것이다. 쿠로시오 해류와 인류의 생활은 먹는 자와 먹히는 자의 여유로운 바닷속 전쟁이며 보이지 않는 멋진 낭만이다.

바다와 생명, 바다와 부(富)는 결국 도전하는 자의 영광의 승리이며, 하늘이 주는 사랑의 특권이 될 것이다. 우리 인류는 그 해류 속에서 서식하는 작디작은 플랑크톤까지도 보호하고 관찰해야 할 의무가 있는 것이다. 미국 국립과학아카데미(U.S The National Academy of Sciences)의 발표에 의하면 해마다 800여만 톤(컨테이너 600개 정도의 부피)의 쓰레기가 바다에 버려지고 있다고 한다. 항구 혹은 항해하는 선박이나 어선에서 무심코 버리는 한 가닥의 유령과 같은 로프나 플라스틱은 오랜 세월 동안 썩지 않고 바닷속 생명체들에게 죽음의 덫으로 남게 된다. 이것은 자연을 보호해야 한다는 최소한의 양심도 없이 오직 편리함만을 추구하는 인류의 이기적인 태도에서 비롯된 것이다. 만약 인류가 미래의 바다를 아끼지 않는다면 쿠로시오 해류도 몸살을 앓게 될 것이고, 또 그 유령들이 녹을 때는 인체에 해로운 유독성 물질이 생기므로 결국 먹이사슬이나 풍부한 어족자원도 위협을 받게 될 것이다. 오늘도 대한해협을 묵묵히 미소 지으며 통과하는 바닷속 쿠로시오 해류의 신비를 그윽한 매화꽃 향기에 실어 희망의 노래로 불러 보고 싶다.

*kts(knot) : 선박이나 항공기 혹은 바닷물의 속도를 나타내는 단위. 1노트는 한 시간에 1해리, 곧 1,852m를 달리는 속도.

아름다운 동행

　'아름답다'란 말은 다양한 형태의 공유물로서 개념적일 수도 있고 시각적일 수도 있지만 대체로 보이는 대상이나 소리가 균형과 조화를 이루어 눈과 귀에 즐거움과 만족을 주고, 하는 일이나 마음씨가 갸륵할 때 평가해 주는 말이다.

　이 기준은 다분히 주관적인 것으로 그것을 느끼는 주체는 인간의 마음이기 때문에 그 정의는 정확히 내릴 수는 없다. 한편 '동행'이란 기쁠 때나 슬플 때나 함께 하겠다는 의미로 이 또한 다양한 측면에서 생각해 볼 수 있지만, 우선은 인간과 인간이 아름다운 정으로 동행함을 전제해 본다.

　핵가족화되고 고령화되어가는 현실에서 그래도 교훈적인 천륜의 맥은 살아 있다는 것을 펼쳐 보이기 위해서 이 글을 쓴다.

　소박했던 우리의 대가족제도 변화는 일률적인 것은 아니지만 보편적으로 가문 위주의 유교적 권위행태에서 직업이나 문화의 다양화로 인한 사회발전이 가정교육(인성교육) 차원의 폭의 감소나 삶의 질(質)을 개성적이고 편의주의로 변하게 된 요인이 되지 않았나 싶다.

꽃향기 물씬 풍기고 벌 나비 바삐 오가는 화창한 봄날의 이른 아침이다. 오늘따라 황사도 없고 미세먼지도 없는 날이다. 맑은 공기를 마음껏 마셔도 될 것 같은 날씨이다. 서울에도 이런 좋은 날이 있나? 하늘의 축복이 내 가까이서 내린 것 같은 착각에 감사를 드린다. 한적한 변두리 마을, 대중목욕탕이다. 구순쯤 되어 보이는 아버지와 칠순쯤 되어 보이는 아들이 손을 꼭 잡고 들어와 아버지를 조심스럽게 간이 의자에 앉힌다.

나는 너무나 숭고하고 귀한 이 '아름다운 동행'의 순간을 가슴 찡한 감정으로 쳐다보았다. 아들은 아버지 머리를 손수 감겨드리고 면도기로 깨끗이 얼굴을 면도시켜 드린다. 어린아이에게 하는 것처럼 양치질도 시켜드렸다. 마치 아버지가 어린 자식을 달래듯 두 사람 간의 두런거리는 대화는 아무리 봐도 정겹기만 했다. 아버지가 아들의 말을 잘 듣는 현대판 부자상(父子像)을 보는 듯했다. 등을 살살 문질러 드린다. 아버지는 마음속으로 얼마나 시원해하고, 만족해하고, 흐뭇한 행복함을 느꼈을까. 그런 착한 아들을 두었다고 말이다. 이제는 정말 남자와 남자만의 비밀을 더듬는 순간이다. 수건에 비누를 충분히 묻혀 얼굴, 목, 등, 배 그리고 아버지의 자존심이며 비밀인 사타구니까지 싹싹 문질러 드린다.

아, 저것이 부모와 자식 간의 천륜이며 바로 효도가 아닐까. 눈시울이 뜨거워졌다. 예수께서 제자들의 발을 손수 씻어주었다는 성경말씀이 있다. 나는 그보다도 더 아름다운 천사의 모습을 바로 옆에서 한 편의 기분 좋은 감동 드라마로 보았다.

부모님을 모실 때는 즐거움을 다하고 아프실 때는 근심을 다 하라고 하는 말처럼 보물은 쓰다 보면 없어질 수 있지만, 효도는 누려도 끝이 없다고 했다. 나는 내 아버지께 그런 효도를 못해 드렸다. 구차한 변명이지만 직업상 외지에 떨어져 산다는, 또 아버지의 성격, 사회적 가정적 분위기 등 때문에 말이다.

지금은 그런 타성을 전부 무시해 버려도 그렇게 해드릴 아버지가 없다. 뒤늦은 안타까운 후회지만 하늘에 계신 내 아버지의 영혼한테 항상 죄스러움의 빚을 지고 있다. 그러면서도 나는 사랑하는 아들이 곁에 살고 있다는 것에 위안을 갖는다. 이런 아름다운 동행을 해 줄지 안 해 줄지는 모르지만 말이다.

그래도 이런 아름다운 효도 그림에 관한 이야기는 언젠가 아들한테 꼭 들려주어야겠다고 마음먹고 있다. 이렇듯 동행이란 서로의 마음을 드러내고, 서로의 마음을 읽어야 하는 것이지만, 원래 부모와 자식 간의 정은 논리적으로 설명할 수 없는 관계이기 때문에 모든 것을 사랑이라는 이름으로 엮으면 그 답이 보인다고 했다.

오늘날 첨단 과학 문명사회가 아무리 많이 변한다 해도 아버지와 아들 간 인간 본연의 질서 존중—신뢰, 용서, 사랑 등—만은 계속 잔잔한 파도가 되어 멀~리 멀리 번져갔으면 좋겠다. 또, 하늘과 같은 부모님의 은혜에 감사함을 알고 공경하는 포근한 봄 같은 마음도 자식들이 꼭 가졌으면 좋겠기에 나는 선명하고 뿌듯한 이 소제(小題)를 오래오래 간직하려 한다.

음악으로 사랑을

"믿음, 소망, 사랑 이 세 가지는 항상 있을 것인데 그 중의 제일
은 사랑이라"(고린도전서 13장)라고 성경에서 사랑을 말하고 있다.

사랑은 뜨거움과 차가운 고독을 동시에 갖고 있는 감정으로 수
평선 저 멀리서 반짝이며 밀려오는 파도 소리이며, 그것은 꽃과 같
아 인간의 마음을 변화시키는 구원과 행복이라는 마법과도 같은 단
하나의 힘으로 감상(感傷)도, 나약함도 아닌 이해와 설득의 생명력
을 불어넣는 넘치는 열정적 욕망으로 표현되는 것이다.

사랑의 노래는 아픈 마음을 치유해 주며, 슬픈 심령도 위로해 준
다고 하는데 그 소리에 귀를 기울이면 영혼의 아름다운 소리를 듣
게 되며, 훌륭한 음악처럼 매우 섬세한 감정과 기쁨도 얻게 된다고
한다.

서양 문화의 뿌리인 기독교문화는 예배를 중심으로 전파되는데
성경과 예술의 하모니는 음악이 큰 역할을 했다. 이렇듯 호흡이 있
는 자는 주님을 찬양하라고 하는 성경의 말씀처럼 음악은 기쁨과
고통을 함께하는 신경전달물질인 도파민(dopamine)을 분비하여

세상의 모든 고통의 아름다운 승화와 짜릿한 감정의 파도를 밀려오게 하여 자연적인 보약처럼 즐거운 경험을 맛보게 해주는 것으로 이것은 곧 악기를 통해서 전달된다고 한다.

음악인의 가장 값진 삶은 연주를 통해서 상호 간 사랑을 소통하는 것이다. 그중에서도 온화하면서 따뜻한 정이 느껴지는 은은한 색소폰 소리의 따뜻한 울림은 외로운 삶을 살아가는 사람들에게 더 많은 용기와 치유를 선사하는 감성이 생생히 살아 숨 쉬는 언어로서 인간의 마음을 교화시켜주고 로맨틱한 정신건강도 챙겨주는 특별한 심미적 정서이다.

내 마음속 그늘까지 없애줄 값진 행동인 심연의 입김을 색소폰에 불어 넣음으로써 애정과 사랑과 기쁨을 표현해 준다. 이 음악이 가진 위대한 힘은 모든 음악인이 공유하고 싶은 열망이기도 하다. 우리 사회의 모든 구성원에게 희망을 밝혀주는 음악은 꽉 닫힌 마음을 활짝 열어 주는 신비한 사랑의 창조물이 아닐까.

내가 몸을 담고 있는 색소폰 동호회가 있다. 우린 같은 정서와 종교관을 가진 모임으로 기도와 축복으로 하나님의 사랑을 실천하며 음악의 진솔함과 우미함을 승화시키고 있다. 10명의 팀원은 소프라노와 알토, 테너와 바리톤으로 구성되어 있다. 나는 테너 파트이다. 내 파트는 주로 낮은음 위주로 베이스에 가까워서 때론 흥겹지 않다고 불평도 해 본다. 특히 돌림 노래할 때 사이사이에 멜로디음을 부드럽게 이어받아 멜로디와 같은 흐름(박자)이 되도록 보조를 맞춰야 하는데 여러 악기 소리, 반주기 소리, 음의 흐름 등으로 박자를 놓치는 수가 있다.

이것이 순수한 아마추어의 큰 제한점인 것 같다. 그러나 단원 개개인의 음악적 특성을 따뜻한 사랑으로 수용한 리더의 끈질긴 열정이 있기에 전체적인 연습의 흐름에는 하등의 영향이 없다. 우리 단원들은 일상생활을 하면서 연습하기 때문에 총원이 모여 연습할 시간은 좀 부족하지만 우리는 먼저 연습 전에 하나님의 축복과 지혜가 모든 단원과 함께 하기를 바라면서 기도한다.

리더는 파트별 여러 악기의 음색이나 박자를 교정해 주는 천재적인 음악성을 순간순간마다 발휘해 주는데 이것이 바로 팀 연주의 성공 요소이고 목표성취의 근간이 아닐까. 단원들은 생동감 넘치고, 호소력이 있는 아름다운 음의 감동적 화음을 한 소절 한 소절 연주하는 데 온 심혈을 기울인다. 어찌 이런 힘든 반복 연습과 노력 없이 가슴으로 느끼는 애정 어린 결과가 나타나겠는가.

우리 연주팀은 농어촌선교단체의 교회 부흥연주와 보아스(boaz, 사랑의 집 지체장애인을 위한 사회복지시설)을 주기적으로 방문하여 음악으로 기쁨을 나눈다. 그들과 함께 노래하고 손뼉 치며 즐거운 시간을 갖는다. 이 모두가 사람의 마음을 울리는 축복의 소리로 은혜받는 거룩한 일들이다. 비록 말로는 의사 전달이 안 될지라도 음악을 통한 정신세계와의 소통, 뇌가소성(腦可塑性)이라는 기능으로 청각 발달과 인지기능 향상은 참으로 값있는 일이며 우리 연주 팀의 소박하고 순수한 목적이 아니겠는가. 또 영(靈)이 살아있는 한 항상 여호와를 찬양하며 축복의 소리로 기쁨을 나누겠다는 것이 팀

원들의 한결같은 바람이 아니겠는가.

성과와 출세가 중요하고, 저마다 더 많이 소유하려고 아등바등하며 쫓기는 듯이 사는 세상에서 자신이건 타인이건 누군가를 더 많이 사랑하는 일은 결코 쉽지 않으니까 말이다.

릴케는 "사랑의 교훈도, 영혼의 바램도, 오직 노래만이 축복하고 찬양한다."라고 했다. 사람들은 나이가 들어감에 되돌릴 수 없는 자신의 지난날의 삶에 대해 얼마나 보람되고 행복했는가를 가끔 회상하곤 한다. 누구나 사람들은 인생 전반기에는 세상에 나가 잠정적인 삶을 창조하려는 강한 자아감의 발전에 젊음을 불태웠다면 후반기에는 성취의 동기보다는 정서적이고 사회적인 관계 속에서 내적인 기쁨을 찾으면서 무엇에 봉사하며, 인생을 살 것인가 하고 고민해 볼 때다.

그것은 오롯이 나 자신의 선택으로 심리적 안정 효과가 있는 긍정의 삶을 살면 개인적인 권위도 스스로 회복되고, 만족도 스스로 느껴지기 때문일 것이다.

지금까지 우리는 나 자신만을 위해 살아왔는가. 어려운 이웃을 위해 마음에서 우러나는 희생과 봉사를 하며 살아왔는가. 아니면 소극적인 물질봉사만을 하여 왔는가. 이제는 사회가 다양해진 만큼 그 봉사 방법과 시기도 다양해졌다. 문제는 어려운 이웃, 사랑이 그리운 이웃에게 언제부터 달려가 그 봉사 방법을 시작해야 하는가가 과제로 남아 있다. 음악이 있는 곳에는 악(惡) 있을 수 없는 것처럼, 나는 감성 매체인 색소폰 연주를 통해서 소외되고, 외롭고, 지체 장애가 있는 이웃에게 지금 다가가 비록 서툴지만, 그들에게 음악적 감동을 선사하며, 그들을 즐겁게 해주고 애잔한 마음을 어루만져주는 행복한 시간을 함께하고 있다.

이 어찌 노후를 보람되게 살아가고 있다는 뿌듯함을 느끼지 않으며, 내 삶의 한 페이지를 소박하게 장식하는 정신적인 생동감을 유지하는 아름다운 사랑의 실천이 아니며, 나의 자존감을 높여주는 귀중한 경험이 되지 않겠는가.

편견을 버리면

　편견의 사전적 의미는 공정하지 못하고 한쪽으로만 치우친 생각 이라고 명시되어 있다. 이 말은 다분히 개인적인 선입견으로 사람 이나 사물에 대해 객관화되지 못한 보편타당한 생각에서 벗어난 개 인 심리적 현상이라는 것을 의미한다.

　오늘날 사람들은 너무나 작은 신발을 신고 다닌다. 라는 말이 있 는데 이 말도 역시 인간이기에 주변의 목소리나 환경의 요구에 잘 순응하면서 살 필요성이 있다는 의미일 것이다. 사람은 본래 부모 유전자를 갖고 태어났지만 성장 과정이나 교육과정 등의 외부환경 이나 경험에서 좋은 감정을 느낄 줄 모를 때 개인의 오만한 성격이 나 자존심 등이 형성되어 편견이 생겨난다. 이것은 때로 자신만의 집착된 품위를 지키려는 강한 욕구 때문에 어떤 환상을 묘사해 보 이려는 의도적인 행동인지도 모른다.

　세상을 살다 보면 보편적인 생각이나 행동을 하지 않는 사람들 과 가끔 접촉하게 되는데 우리는 이런 불편한 인간관계를 계속 유 지하며 살아야만 하는가. 또, 이런 만남을 피하려는 소극적인 삶을 살아야만 하는가. 아마도 그런 조심스러운 경우의 치유 방법은 여러 가지가 있겠지만 곧 자신에게 있음을 인식하고 자기 생각을 180도로 바꾸면 세상이 확연히 달라질 것이다. 달리 말하면 긍정적인 생각으로 자신의 인간관계 면면들을 새로운 시각으로 좋게 인식하며, 배려의 준비가 된 열린 마음으로 세상을 바라본다면 반드시 달라진다는 의미일 것이다.

미국 하버드대학 심리학 교수인 엘렌 랭어(Ellen Langer) 씨는 마음 챙기는 것은 새로운 것들을 긍정적으로 알아차리는 과정이라고 했다. 인간은 자기 자신의 작은 생각이나 감정들을 이해함으로써 다른 사람을 더 잘 이해할 수 있게 된다고 했다. 그렇게 되면 막힌 물이 시원스레 흐르는 기분이 되고 세상만사가 부드럽고 단순해진다는 것이다. 그래서 벽창호 같은 놈, 곰 같은 놈, 밥맛 없는 놈 등의 저질스러운 인격 비하의 틀(stigma effect)에서 벗어날 수 있다는 것이다.

사람의 인격 평가는 주관적이어서는 안 된다. 또 감정적으로 평가해서도 안 된다. 감정적 판단은 자칫 편견에 의해서 좌우될 소지가 있으므로 먼저 자신의 편견을 떨쳐버리고 상대의 인격을 존중해야만 올바른 평가를 할 수 있게 된다는 것이다. 상대가 나를 솔직하고 평범한 인격으로 대하는데 나만 편견을 생각한다면 그것은 참으로 옹졸한 사람의 자세일 것이다.

가끔 일상의 상호관계에서 감정의 개입, 유. 무형의 몫의 재분배, 분배적 협상 등으로 내가 편견을 가졌다면 참으로 괴로운 일이다. 여기서 사람들은 흔히 직업적 편견이 많이 작용하게 된다.

본래 우리나라 사람들의 본성은 선하고, 정이 많으며, 사랑도 충만 되어 있는 민족이다. 직업은 삶의 방편이고 현장이므로 본의 아니게 때로는 거칠고, 거짓말을 하게 되는 경우가 있는데 일부지만 양심적이지 않은 사람이 있어서 그 사람에 대한 이미지와 편견은 가끔 생겨날 수도 있다는 것이다.

좋은 사람과 함께하면 비록 안개 속을 걸어도 옷이 젖지 않는다고 한 것처럼 다른 사람들의 언행을 좋게 보는 자세는 존경과 믿음을 담보해 주는 귀한 선물이 되는 것은 틀림없는 사실일 것이다. 이처럼 우선 편견을 갖지 않기 위해서는 자신만의 고집이나 우월감도 없애야 한다.

지나치게 편협한 생각은 자기중심주의와 이기주의의 노예가 되어 대인관계에서 소통에 제한을 받게 되고, 상대의 마음을 포근하게 녹여주지 못하는 냉정한 사람으로 각인되기도 쉽다. 결국 상대의 행동유형은 나와 같지 않으므로 내 생각을 바꿔야 감정도 바뀌게 된다는 것이다. 이제 원만한 사회생활을 위해서는 열린 마음으로 타인을 사랑하고, 신뢰할 수 있는 유대관계를 가지며, 자기만의 왜곡된 생각이나 우쭐한 자존심인 편견을 버리면 사막에서 목마른 자가 물을 맛볼 수 있는 것처럼 세상은 시원하고 아름답게 보일 것이다.

그렇게 하면 사람 간 따뜻한 정을 느끼게 되고, 사람됨의 향내도 풍기며, 모두에게 존경받고 믿음을 얻는 품위 있는 인격체가 될 것이다.

용서는 진정한 자유

'용서'는 상대방의 잘못을 너그럽게 이해해 준다는 의미이다. 사람들은 가끔 다른 사람에게 정신적 혹은 물질적 상처를 받을 수도 있고, 또 상처를 입힐 수도 있는데 상처받은 사람이 먼저 상처 입힌 사람을 용서하지 않는다면 찜찜한 생각이 계속 남아 있게 되어 원만한 인간관계를 유지하는데 장애가 된다는 것이다.

용서의 재량은 상처를 입힌 사람보다는 상처를 받는 사람에게 더 있기에 말이다. 일상을 바삐 살다 보면 피해를 준 사람은 간혹 그 상처를 잊을 때가 있지만 피해 본 사람은 과거의 좋지 않은 기억이 항상 무거운 짐이 되어 뇌리에 남아 있게 된다.

그때 생기는 자기 자신의 연민을 용서로 녹여준다면 서로 간의 인간관계에서 마음의 문을 활짝 열 수 있는 자유를 느낄 수 있게 될 것이다. 자신들의 생명을 위협한 증오스러운 납치범들을 마음으로 따르고 심지어는 사랑까지 하게 되는 스톡홀름증후군*은 상식의 세계가 아닌 무의식의 세계로 연출되는 감동 드라마 같은 아름다운 이야기로 인간의 힘으로 감당하기 어려운 초자아적인 용기가 있었기 때문에 가능했을 것이다.

창세기 50장 15~16절의 요셉은 비록 형들로부터 자신이 애굽에 억울한 몸 팔림을 당했지만, 가족의 화해를 위해 형들을 용서하고 그것을 하나님의 치유 시간으로 바꿨다.

사람들은 미움에 집착하거나 증오의 감정인 복수에 대한 욕망이 내면에 남아 있게 되면 얼굴에는 항상 어둠의 그림자가 떠나지 않지만, 용서로 승화시키면 편안하고 향기가 묻어나는 예쁜 마음의 꽃이 오래도록 피어있게 된다고 했다.

오늘날은 워낙 다양한 개성들로 구성된 사회이기 때문에 잘못에 대한 진정한 뉘우침이 없이 용서에 대한 인간다운 정 자체도 느끼지 않고 자신의 파괴적인 성향 즉 마조히즘적(masochism)인 성향을 그냥 지나쳐버리는 경우가 있다. 만약의 경우 피해를 준 사람이 아무렇지도 않은 것처럼 생각해 버린다면 이 사회의 도덕이나 인간관계는 어떻게 될까. 포장된 회개가 아닌 진정한 반성이 있고 피해를 본 사람의 마음을 위로해야만 그 응어리가 스르르 녹아내릴 것이 아닌가. 만약 그것이 없다면 인간관계는 얼마나 서글프고 안타까울까.

비록 사람들의 의식변화에 따른 용서의 개념도 변화는 하겠지만 결국 사람은 남에게 피해를 주고는 편히 살 수 없다는 것이다. 물론 법적인 잘못은 별도로 법의 심판을 존중해야 한다는 것이며, 다만 일상에서 생긴 상처에 대해서는 양심적인 면에서 용서해 주자는 의미일 것이다.

용서는 개인의 인격적인 문제이기 때문에 사실 쉬운 것은 아니다. 만약의 경우 경제적 손실로 인해 현재 참기 어려운 난관에 처해 있을 때는 인간이기에 용서의 한계도 있을 것 같다. 또, 고의적인 잘못이나 피해일 때도 용서의 한계가 있을 것 같다. 용서의 정만을 베풀기에는 너무나 혹독한 고통이 따르니까 말이다.

종교에 의지해야만 할까. 인격적 인내를 해야만 할까. 용서에 인색한 사람도 때론 용서하고 싶은 충동을 느끼지만, 차일피일 미루기 때문에 마치 길고 긴 깜깜한 터널을 통과하는 답답함 같은, 살얼음판을 걷는 것 같은 편치 않은 마음을 갖고 살아갈 것이다.

내성적인 성격 탓일까. 용기가 없어서 그럴까. 그럴 땐 차라리 온라인 용서로 하면 어떨까. 면전에서 말로 표현하는 효과보다는 더 못할지도 모르지만, 하여튼 진정한 용서는 참으로 힘들고 어려운 과정이며, 우리의 정신건강을 위해 꼭 필요한 것이기 때문에 그것을 숨기거나 미루면 독이 되고, 받아들이거나 베풀면 약이 된다고 하는 말은 일리가 있는 것 같다.

용서는 자신이 겪는 고통에서 벗어나기 위한 열쇠이듯이 남을 용서하면 심리 치유의 편안한 평화가 찾아온다고 했다. 아직도 과거의 쓰라린 상처의 잔상이 마음 한구석에 남아 있다면 그것은 근심과 불행의 씨앗이 된다. 만약 주변국들의 역사적 침탈에 대해 진정으로 사죄하고 정치적 혹은 민족적으로도 사죄한다면 피해 당사국은 그 용서와 포용을 어떻게 받아들일까.

어린이들은 친구들에게 잘못하면 '미안해'란 사과의 말을 쉽게 하는데 어른들은 왜 그렇게 곧바로 사과하기가 쉽지 않을까. 아마도 아이들은 상대를 순수한 인격적 친구로 보는 것이지만 어른들은 피해의 폭이 넓고 내용도 깊은데다가 그것을 자신의 인격에 대한 모독으로 생각하고 마음속에 깊이 남겨두기 때문이 아닐까.

　그래서 용서는 먼저 상처 준 그들을 다시 인간으로 바라보라는 것이며, 그 편치 못한 감정은 무의미한 자기학대가 되기 때문에 넓은 아량으로 품어주어야 한다는 것이다. 조직사회라는 공동운명체 안에서 사는 우리 인간은 알게 모르게 저지른 좋지 않은 감정의 고리를 용서로 승화시킴으로써 곧 나 자신의 마음이 치유를 받게 될 것이고 또, 인격적인 성장도 하는 것이 되어 다시 밝은 자유를 찾게 되는 것이 아닐까.

*스톡홀름증후군 : 1973년 스웨덴 스톡홀름에 있는 한 은행에 기관총으로 무장한 은행 강도들이 침입해 세 명의 여자와 한 명의 남자를 그들의 몸에 폭발 벨트를 채운 채, 131시간 동안 인질로 잡았다. 마침내 경찰에 의해 구출된 그들은 기자회견에서 납치범들을 오히려 옹호했다.(후에 한 여성은 범인 중 한 명과 약혼했고, 다른 한 사람은 범인들의 변호사 비용을 모금했다고 한다.)

사색(四色)의 공통분모

　팔도 사나이들의 만남은 청년 시절 삶의 큰 변화이고 운명이었는지도 모른다. 그것은 개인들의 성장환경이나 성격 등이 바닷가 모래가 똑같은 것이 없는 것처럼 각기 다른 사람들과의 만남이라는 의미일 것이다.

　한 부모에게서 태어난 형제자매간에도 각각 개성이 다른데 하물며 다른 부모, 다른 환경에서 자란 사람들이야 오죽하겠는가. 한곳에서 똑같이 싹을 터 자란 묘판의 모종도 이식해야 튼실한 벼 열매를 맺는 것처럼 사람들도 성장하매 스스로 부모 슬하를 떠나 또 다른 환경에서 살아가는 것이 삶의 순리다.

　사람은 이성을 가진 사회적 동물이며, 어떤 조직이라는 그것의 틀에서 생활하기 때문에 적응이라는 인간 본성을 그곳에 동화(同化)시켜 살아가고 있는 것이다.

　1970년 1월 추운 겨울, 어느 조용한 바닷가에서 우리는 까까머리 풋머슴 아들로 만났다. 얼굴도 고향도 이름도 모른 채 철석이는 파도 소리만이 이방의 앳된 얼굴들을 반길 뿐이었다. 특수교육이라는 4년간의 세월은 예민한 감성으로 횃불처럼 이글거리는 두 눈과 끓어오르는 청춘의 붉은 욕망의 메아리를 아름답게 수놓아 주었다.

그러나 많은 세월이 흐른 지금은 동기(同期)라는 명분의 젊음조차도 덧없이 흐른 세월 앞에 어느덧 고희라는 중간 기착지에 접어들어 머리에는 백설이 꽃피고 이마에는 영광의 흔적들만이 여러 줄 그려지게 되었다.

학창 시절의 꿈과 현실의 이력을 차분히 정리해 보면 이제는 그 무거운 인생의 짐들을 다 내려놓고 생의 행복을 결산할 때가 되었는가 보다. 길지도 짧지도 않은 젊음과 행복, 그리고 힘듦도 그 끝이 보이지 않았던 희미한 미로, 우린 무엇으로 그 시절을 보상받아야 한단 말인가. 따지고 보면 모든 것이 다 내 마음속에 있는, 내가 그 열쇠를 쥐고 있는 운명의 희로애락이 아니었던가. 지나간 그 시절은 한바탕 살아볼 만한 가치가 있었던 멋있는 인생의 연극이었으니까 말이다.

이제는 아들딸들이 곱게 장성하여 하나님을 찬양하고, 만인의 친구인 돈을 관리하고, 명약(名藥)의 꽃을 피우고, 국민의 눈과 귀가 되어 줄 메가폰의 기수(旗手)가 되어 각자 존경받을 만한 위치에서 열심히 일하고 있다. 이 어찌 대견하고 자랑스럽지 않은가.

향긋한 솔 향기 솔솔 풍기는 중후한 도마 위에 정겹게 놓인 누런 황금의 열매들, 매사에 감사하는 마음과 곧은 의지로 고운 심성을 갖춘 송이버섯 같은 천생현모(天生賢母)인 송(宋) 애교 천사, 건축

(부동산)지식이 해박하여 주변 지인들에게 든든한 신뢰로 기쁨과 사랑을 선사하는 두둑한 배포의 양(楊) 행복 전도사, 지적인 향을 은은하게 풍기며, 종부(從夫)의 사랑을 잔잔하게 그리는 도란도란 이(李) 선 요조(善 窈窕), 큰손의 대범한 베풂과 꿀맛 같은 사랑을 모든 이에게 나누어 주는 인정 넘치는 예쁜 이(李) 진 선녀(眞 仙女), 참으로 탐스럽고, 먹음직스럽고, 든든한 믿음을 자랑하고 싶을 뿐이다. 보기만 해도 배가 부른 것 같다.

성공이 꽃이라면 행복은 뿌리라는 말이 있듯이 이는 밑거름이 좋은 네 공통분모의 은덕일까. 나무 몸통이 튼실해서 가지마다 화려하고 예쁜 과일들이 주렁주렁 열렸을까. 이 또한 흐뭇한 행복과 보람이 아니겠는가. 그래서 행복은 바로 내 품 안에, 내 집 처마 밑에 그리고 내 마음속에 있는 것이라고 했는가 보다.

우리나라는 남북이 가로막혀 통일이 국가의 대명제가 되고 있지만 우리만의 남과 북은 때로는 향수에 젖고, 때로는 자부심도 느끼고, 때로는 어머니 품속 같은 삶의 촉진제가 되어왔기에 그것보다 더 높은 정신적 명제로 자리매김하여 왔다. 감성이 풍부했던 학창 시절의 꿈과 젊었던 시절의 영광은 때로는 눈물과 좌절을 안겨주기도 했지만 그런 것들은 모두가 인생 삶의 든든한 기초와 큰 자산이 되어 주었음에 감사하게 생각한다.

이제부터는 뭐니 뭐니 해도 보람되고 건강한 우리들의 삶을 위해 사랑과 믿음 그리고 배려와 이해가 철철 넘치도록 만듦이 필요한 때가 아닌가 싶다. 이 나이에 누군들 하고 싶은 말들을 어찌하고 싶지 않겠는가. 누군들 자신만의 고집이 없겠는가. 허나 '한 마음 회(會)' 네 가족의 넓고 심오한 마음은 튼실한 열매를 맺고 아름다움을 느끼는 꽃밭에 깊은 뿌리를 내렸기에 더 가치가 있고, 더 자랑스러운지도 모른다.

우리가 처음 사귈 때는 마당발이 더 낫다고들 했지만, 이제는 마음이 서로 통하는 네 가족이 진짜 동기애인 것만은 자명한 사실이다. 또, 우리의 오늘 삶이 꽃처럼 활짝 피어나 주변에 향기를 흩뿌린 데에는 공통분모인 네 여사의 숭고한 믿음이 있어 행복의 뿌리가 되고 있는 것도 사실이다.

앞으로 우리는 그 공통분모의 매력을 오래오래 유지하는 것만 남아 있다. 봄바람이 한들한들 분데도, 가을바람이 살랑살랑 분데도 다 그 바람은 우리의 마음속에서 풍겨 나오는 향내 짙은 포근한 바람일 뿐이다. 한결같은 마음, 항상 나보다는 남을 생각하는 마음, 개인보다는 비록 색깔은 네 가지이지만 분모만은 공통인 '한마음회(會)'의 강줄기는 마치 청산유수처럼 유유히 흘러갈 것이며, 진리 중의 진리인 삶의 배려에 인생의 무게를 두고 마음속에 고요히 스미는 참다운 평화와 행복을 위해 기쁨의 오아시스 안에서 다윗과 요나단처럼 영혼이 하나인 아름다운 우정으로 오래도록 웃고 또 웃으며 하루하루를 즐겁게 살아갈 것이다.

영원히 지워지지 않는 눈빛 언어

사람은 태어날 때는 순서가 있어도 죽을 때는 순서가 없다고―가변성(可變性) 죽음― 흔히들 말한다. 그 말은 아마도 개인의 삶 속에는 유전적, 환경적인 요소들이 내재하여 있기에 순서가 없는 죽음은 너무나 당연하고 자연스러운 현상을 의미하는지도 모른다.

삶은 사람이 이 세상에 태어나서 가족이라는 보금자리를 통해서 정신적, 육체적 성장을 하여 개인적 혹은 사회적 인과관계를 맺고 그 과정에 기쁨, 슬픔, 고통, 불안 등의 인간 고뇌를 안고 행복을 추구하면서 살아가는 과정이다. 사람의 수명 또한 시대적인 요인에 의해서 변해가는 유한성을 가진 생물학적인 현상이기 때문에 누구나 나이가 들면 신경세포의 내부적 노화―늙는다는 것의 어두운 측면을 지칭―를 맞이하는 것은 천지창조 이후에 변하지 않는 자연의 섭리일 것이다.

다른 말로 바꿔 말하면 사람은 나이가 들어 늙어지면 죽음이라는 운명적(運命的)인 순간을 맞이하게 되는데 그것은 심장이 멈추고, 호흡이 정지되며, 종교적으로는 영혼이 육체에서 빠져나간 것이라고 말할 수 있다.

모든 인간에게는 인생 주기, 고독하게 수행해야 하는 영적인 여정이라는 숙명적인 삶의 질서가 있다고 한다. 그 말은 곧 태어나서 죽기까지의 전 과정을 포물선의 경로로 표시할 수 있는데 각 점은 개별적인 삶의 과제를 수행하는 목표점의 집합선이라고 보면 될 것이다. 전반기에는 성장하면서 자신을 알고, 삶의 목표를 지향하며, 성공과 실패를 반복하면서 끈질기고 아름다운 삶을 위해서 노력한다.

그러나 인생 후반기에는 비록 좁아진 자신의 입지지만 자아를 성찰해보고 지난날의 화려했던 아름다운 자신의 자화상을 마음속에 그려보며 산다. 어찌 잘된 추억만 있을까 보냐 만은 이루지 못한 한스러움도 마음속의 하얀 도화지 위에 그려 넣어 아름다운 꿈으로 승화시켜 보면 어떨까. 나이 든 지금은 그 부족함을 채울 수도 없고, 채워준다 한들 그 값어치나 보람을 느끼기에는 너무나 의식적 혹은 정서적 이미지가 옅어졌기 때문에 아무리 발버둥 쳐 봐도 추하기만 하고 초라한 연민의 눈총만 살 뿐이다.

사람은 누구나 존재의 한계를 일깨워 주는 그 죽음의 공포를 가지고 있다고 하는데 특히나 한국인들의 전형적인 죽음에 관한 생각은 죽음 자체를 부정—죽음에 대한 고민, 죽음을 생각조차 하기 싫은 성향 등—한다고 한다. 어떤 경우에는 종교적인 믿음 혹은 기도에 대해서도 그것을 종종 부정하는 사람이 있다고 한다.

이런 현상은 인간의 욕심 때문일까? 생전에 이루지 못한 인생

목표에 대한 아쉬움 때문일까? 하지만 인간은 동서양을 막론하고 누구나 죽음 앞에서는 한없이 약해지는 것이 본연의 심리상태인 것만은 확실한가 보다. 그러나 그 죽음은 이원론—육체와 영혼의 존재—에 동조(同調)하는 나의 개인적인 견해로서는 이승과 영원한 이별을 한 영혼은 사후세계로 좋은 여행을 떠나간다고 하니 편안히 눈을 감아도 될 것 같다.

그런데 사람은 눈을 감은 직후에도 그 영혼은 바로 육신을 떠나지 않고 자신의 몸 주위에 한동안 머문다고 한다. 임종(臨終)을 앞둔 사람들은 사랑하는 가족 곁을 이슬처럼 떠나야 한다는 아쉬움과 허전함 때문에 더 슬픈 고독감을 느낀다고 한다.

이때 가족들은 사무친 정과 영원한 이별에 대한 슬픔이 복받치더라도 손을 꼭 잡고 '당신과 끝까지 함께 있을 것이며, 항상 잊지 않고 기억하겠다.'라고 다짐을 해주며, 임종을 앞둔 사람에게 안심과 위안을 주는 말을 다정하게 해주면 더욱 좋다고 한다. 하지만 그래도, 그래도….

사람의 오감은 뇌와 연결이 되어 있다. 눈의 시각중추와 귀의 청각중추는 서로 통해 있으면서 마지막 숨을 거둘 때까지 그 기능을 한다고 한다. 다만 비언어적 표현으로 가족들은 운명(殞命)을 앞둔 분과 마주 앉아 손을 잡고 관념적인 훌륭한 비언어적 감정 신호의 커뮤니케이션을 하면서 조용히 기도하면 영혼의 여행이 더 아름다워진다고 한다.

이런 비언어적 표정—감성적, 심리적 대화—에서 가족들은 영원히 지워지지 않는 눈빛 언어를 읽을 수 있다는 것이며, 귀에는 편안한 마음으로 눈을 감을 수 있도록 위로의 소리를 들려줌으로써 자신의 죽음을 무의식적으로 받아들인다는 것이다.

이처럼 뇌는 슬픔이나 행복에 대한 표정을 인식하고 읽는데 뛰어난 능력을 가지고 있다고 하기에 임종을 앞둔 사람의 눈빛을 통해서 비언어적 대화를 하고, 귀를 통해서 감성적 대화를 해주면 비록 말로 응답은 못 하지만 표정으로는 관념적 가족애를 느끼면서 편안한 영면(永眠)을 맞이한다고 한다.

이 얼마나 아름다운 이별의 순간들인가.

우리 인간들은 목숨이 영원하지 않고 끝이 있다는 허무한 감정때문에 살아생전에 삶의 의미를 가져다준 자신의 죽음에 대해 생각해 볼 필요가 있다. 비록 화려하고 안락한 특급열차는 타고 있지만 움직이는 그림자에 불과한 삶을 평생 살면서 짊어진 자신의 무거운 짐들을 이제 다 내려놓고, 간절히 기도하는 심정으로, 붙잡을 수 없는 무정한 시간 속에서 온전히 살아있음을 느끼고, 행복이 무엇인지 받아들이는, 불안함이 없는 그런 편안한 죽음을 맞이하겠다는 정교한 우주론적 마음 챙김(mindfulness)이 필요할 것 같다.

그래서 사람들은 한없이 약해지는 자신의 죽음에 대해 종교를 찾는지도 모른다.

음악 이야기(Music Story)

나는 원래 무관(武官) 출신으로 음악에 관한 전문성은 전혀 없고, 다만 관심만 가지고 있을 뿐이었습니다. 해군 장교로 예편했을 당시 나의 신분으로나, 나이로 봐서 악기를 배우는 데는 한계가 있었습니다. 흔히들 사람은 빵만 먹고 살 수 없다는 말이 있는데 나에게도 그런 정서적 변화와 새로운 삶의 도전이 필요하다는 것을 느꼈습니다. 즉, 현재의 나 자신을 알고, 어떻게 살아가는 것이 노후를 보람 있게 살 것인가를 깨달았다는 의미입니다.

음악의 기초 이론과 소질이 없는 나의 삶의 환경에서 배우는 색소폰 연주에 대한 애로점—나이 들어감에 호흡도 딸리고, 악보를 읽는 시력도 저하되고, 운지(運指)를 집는 순발력도 더딤—은 있었지만, 취미생활을 포기하지 않겠다는 나의 소박한 의지로 음악이야기를 만들어—본인 연주, 아들과 손자 영상 제작— 그것을 이 책에 담게 되었습니다.

전문성, 경력, 나이 등에서 모든 게 부족합니다. (꾸벅)

유튜브 채널 「황원연 음악이야기」

https://www.youtube.com/@hwy_music

유튜브 영상 재생 방법

1. 핸드폰의 "카메라" 앱을 실행합니다.

2. 아래의 QR코드를 카메라 화면에 맞춰줍니다.

3. 화면에 "링크" 또는 "웹페이지" 글씨가 나타나면 클릭합니다.

4. "+" 버튼을 클릭하여 재생목록을 저장합니다.

5. 개별 영상은 "+저장" 버튼을 클릭하여 영상을 저장합니다.

(20곡 전체 재생)

1. 애수의 소야곡

11. 동숙의 노래

2. 가거라 삼팔선

12. 들국화 여인

3.가슴 아프게

13. 목포의 눈물

4. 곰배령

14. 못난 내 청춘

5. 조약돌 사랑

15. 무슨 사랑

6. 나그네 설움

16. 비 내리는 호남선

7. 남자라는 이유로

17. 안동역에서

8. 남행열차

18. 울어라 열풍아

9. 녹슬은 기찻길

19. 유리벽 사랑

10. 당신께만

20. 정말 좋았네

황원연 수필집

미소 짓는 호수